KB196344

사랑의 온도 36.5℃

류완 지음

프롤로그

    20년 넘게 지하철 사랑의 편지 편집장으로 글을 써 왔습니다. 지하철역 승강장 벽면에 500자 내외의 짧은 에세이를 포스터로 제작해 시민들에게 제공하는 일입니다. 처음에는 다른 작가분들의 글을 편집만 하다가 연차가 늘면서 내 이름으로 글을 실을 수 있게 되었습니다. 글로써 누군가를 만난다는 일은 참 설레는 일입니다. 특별히 내 글을 통해 깊은 감동을 얻었다는 소식을 듣게 되면 독자 이상의 행복을 느낄 수 있습니다.

글이 길다고 더 큰 감동을 주는 것은 아닙니다. 짧은 문장 하나만으로도 깊은 생각을 이끌어 낼 수 있습니다. 장편, 대 서사시가 주는 감동도 있지만 때론 하나의 문장이나 단어만으로도 삶의 의미를 찾기도 합니다. 생각의 크기가 다를지언정 모든 생각은 그 나름대로 힘을 지니고 있습니다.

막상 짧은 글을 쓰려고 하면 생각보다 어렵습니다. 열차가 오가는 시간 사이에 빠르게 읽을 수 있는 글이어야 합니다. 너무 어려운 문장이나 단어를 쓰면 독자들이 읽고 싶어 하지 않는다는 점을 고려해야 합니다. 특정 독자가 정해져 있지 않습니다. 어린아이부터 어르신까지 모두가 공감할 수 있는 글이어야 합니다. 때론 누군가는 즐겁게 읽었던 글이 누군가에게는 불편한 글이 될 때가 있습니다. 작가에게 주어진 숙제라고 생각하면서 여전히 누구나 즐길 수 있는 글이 되도록 최선을 다합니다.

점점 더 글을 읽지 않는 시대가 되어가면서 사랑의 편지도 길이를 줄여가고 있습니다. 그럼에도 글 하나에 하나의 이야기를 담고 싶어 500자 정도의 짧은 글을 지켜 내고자 노력합니다. 기승전결이 담겨 있는 글을 통해 문해력과 논리력을 키우고 타인에 대한 이해를 키워나갈 수 있기를 기대합니다. 소통이 필요한 우리 시대의 작은 임무라고 해두겠습니다.

그러나 무엇보다도 이 글을 통해 희망, 위로, 기쁨, 감동, 사랑이 전해졌으면 좋겠습니다. 좋은 감정을 모두 넣어 두었습니다. 하나만 걸려도 좋습니다. 아무튼 이 글을 읽는 모두가 행복으로 향하는 길을 찾을 수 있다면 그걸로 충분합니다.

작은 생각에도 힘이 있습니다. 작은 생각은 완

성되지는 않았을지라도 가능성을 지니고 있습니다. 작은 생각을 굴리고 굴리다 보면 커다란 문제를 해결하는 열쇠가 되지 않을까 상상합니다. 편안한 글 속에서 작은 생각을 키워가기를 추천합니다. 인생의 정답까진 아니더라도 방향을 찾기에는 충분히 도움이 되어줄 것입니다.

 이 책은 순서가 없습니다. 뒤에서부터 읽어도 좋고 마음 내키는 대로 중간중간 선택해서 읽어도 좋습니다. 글 하나에 짧은 생각 하나만 이어진다면 인생을 살아가는 데 효과가 좋은 영양제가 되리라 기대합니다. 문장이 짧고 쉬운 내용이다 보니 누구에게나 추천할 수 있을 것 같습니다. 가능한 한 누구에게나 불편하지 않도록 글을 썼지만 혹시나 부족한 부분이 있더라도 넓은 마음으로 읽어 주시기를 소망합니다.

 10년 넘게 쓰인 글을 모으다 보니 짧지만, 애

착이 가는 내용이 많습니다. 부디 같은 마음으로 닿을 수 있기를 기대합니다. 이 힘으로 앞으로도 짧은 글 속에 많은 감정을 담을 수 있도록 노력하겠습니다. 읽어주시는 것만으로도 힘이 됩니다. 기회가 된다면 같이 써 내려가면 좋을 것 같습니다. 사랑의 편지를 읽는 모두에게 행복이라는 작은 감정이 선물처럼 내려앉기를 희망합니다.

사랑의 온도 36.5°C

사랑의 편지역
Love Letter Station

타인을 사랑하면
그 사람의 욕망도
내 것이 됩니다.

달라서 사랑합니다

달라도 사랑할 수 있다고 생각했습니다.

세월이 흐르고 다시 생각해보니

달라서 사랑할 수 있는 거라는 믿음이 생깁니다.

철학자 자크 라캉은 말했습니다.

'인간은 타인의 욕망을 욕망한다.'

타인의 욕망을 부러워할 땐 질투,

혹은 욕심으로 남습니다.

그러나 타인을 사랑하면

그 사람의 욕망도 내 것이 됩니다.

내 삶을 더욱 풍성하게 만들어 주는 사람,

사랑이 이끄는 힘입니다.

신혼 초, 고등어 조림을 못 먹는 남편과 달리

아내는 가장 좋아하는 음식이라고

알려주었습니다.

아내와 남편 사이에 조그만 간격이 생겼습니다.

그 간격이 때론 벌어졌다 좁혀지기를 반복하면서

20년이 넘는 세월을 함께 보내고 있습니다.

지금은 사이좋게 고등어 조림을 즐기는

부부가 되었습니다.

살갑게 고등어 살을 발라주는 아내 덕분입니다.

나와 다른 아내이기에 더욱 사랑합니다.

내가 몰랐던 세상을 만나게 해주는

보물 같은 사람입니다.

포기하지 않는 사람만이
역전 만루홈런을
칠 수 있습니다.

역전 만루홈런

'야구는 9회 말 투아웃부터'라는 말이 있습니다.

야구를 잘 몰라도

이 말이 마지막까지 최선을 다하자는

의미를 담고 있음은 알 수 있습니다.

하지만 현실에서

최선을 다하는 일은 녹록지 않습니다.

점수 차이가 크게 벌어지면

경기를 빨리 끝내고 싶어집니다.

최선을 다하고 싶어도 결과가 뻔히 보이는

상황에서 힘을 내기란 쉽지 않습니다.

그러나 스포츠의 가장 큰 매력 또한

그 순간에 있습니다.

가능성이 없는 경기를 뒤집었을 때,

아무도

이길 수 없다고 예상한 경기에서 이겼을 때,

스포츠는 최고의 감동을 선사합니다.

불리한 상황, 회복할 수 없는 상처를

극복하고 일어날 때,

우리의 인생도

누군가에게 커다란 감동으로 남습니다.

인생이라는 경기의 타이머가 멈추지 않는 한

우리는 매일 타석에 서는 기회를 얻습니다.

포기하지 않는 사람만이

역전 만루홈런을 칠 수 있습니다.

뉴욕 양키스의 전설, 요기 베라의 말입니다.

'끝날 때까지 끝난 게 아니다' (It ain't over, till it's over)

인생은 비교를 넘어
진짜 내 모습을 찾아가는
여정입니다.

기준

왕이 신하들이 모인 자리에서

벽에 선을 하나 그었습니다.

그리고 이렇게 말했습니다.

"손을 대지 않고

이 선을 짧게 만들 수 있겠는가?"

신하들은 쉽게 답을 하지 못하고 있었습니다.

침묵이 이어지던 중 한 신하가 벽으로 다가와

왕이 그린 선 옆에 더 긴 선을 그었습니다.

그리고 왕에게 이렇게 답했습니다.

"폐하, 이제 폐하가 그린 선은 짧아졌습니다."

오래된 우화, 한 편이 마음에 와닿습니다.

기준은 인생의 방향을 찾는 데 도움이 됩니다.

그러나 기준이 목표가 되어버리면

나만의 특별한 모습을 잃어버릴 수도 있습니다.

인생은 비교를 넘어

진짜 내 모습을 찾아가는 여정입니다.

나에게 주어진 생각과 재능을

소중하게 여기세요.

크기나 길이가 중요하지 않습니다.

한 뼘이 안 되는 짧은 선이라도

구부러지지 않는 한 모두 올곧은 선입니다.

자신만의 특별한 삶을 살아가는

당신의 모습을 기대합니다.

할 수 있다는 믿음이
상승기류를
찾아 줄 것입니다.

콘도르

콘도르는 지구상에 존재하는 맹금류 중

가장 큰 새입니다.

날개를 펴면 몸길이가 3m에 육박합니다.

자동차 길이만 한 커다란 몸을 지녔음에도

날개를 편 채로 100km가 넘는

장거리 비행을 할 수 있습니다.

콘도르는 장거리 비행을 위해

절벽 위로 올라갑니다.

안데스산맥의 가장 높은 절벽에서

상승기류를 기다립니다.

자기의 몸을 띄워 줄 바람이 감지되면

주저 없이 하늘로 뛰어듭니다.

지구상에서 가장 큰 새의 비행은

높은 절벽에서 시작합니다.

우리에게 절벽은 나아갈 수 없는 상태,

혹은 희망이 없는 상황으로 표현되곤 합니다.

날개도 없기에 절박함은 더욱 크게 느껴집니다.

하지만 두려움이란 감정을 눈으로 볼 수 없듯이

불가능을 가능하게 만드는 용기도

보이지 않습니다.

눈을 감고 코끝에 닿는 바람을 느껴보세요.

할 수 있다는 믿음이

상승기류를 찾아 줄 것입니다.

당신도 절벽을 도약의 장소로 만들 수 있습니다.

지구상에서 가장 큰 존재이기 때문입니다.

부족한 마음은
사랑으로 채워보세요.

화이트 크리스마스 (White Christmas)

크리스마스면 떠오르는 캐럴

<화이트 크리스마스>는

어빙 벌린이 작곡한 노래입니다.

1942년,

뮤지컬 영화의 삽입곡으로 알려진 뒤

음반 판매 신기록을 경신하면서

많은 사랑을 받았습니다.

어빙 벌린은 음악 교육을 받은 적이 없었습니다.

심지어 악보를 그릴 줄도 몰랐습니다.

악보를 적을 수 있는 비서를 고용해

그에게 머리에 떠오른 음을 불러

받아 적게 했습니다.

<화이트 크리스마스> 역시

이렇게 태어났습니다.

음악적 재능은 부족했지만,

놀라운 상상력으로 사람들의 마음을 파고드는

감동의 선율을 만들어 냈습니다.

그의 상상력은 멈추지 않았습니다.

큰돈을 벌어도,

사업에 실패해도 항상 음악을 만들었고

그가 발표한 노래는 천여 곡을 넘겼습니다.

그의 진짜 재능은

음악을 향한 사랑이 아니었을까요?

최선을 다해도 아쉬움이 남는다면

부족한 마음은 사랑으로 채워보세요.

완벽할 순 없겠지만 감동은 나눌 수 있습니다.

선택이 행동으로 이어질 때
새롭게 태어날 수 있습니다.

B, C, D, 그리고 A

'인생은 B와 D 사이의 C다.'

인생은 탄생(Birth)과 죽음(Death) 사이의

선택(Choice)이라는 말입니다.

유명한 철학자의 명언이라고 알려졌지만

정확한 출처는 확인되지 않았습니다.

누가 만든 말인지 몰라도

알파벳 순서로 이어지는

인생에 대한 정의가 흥미롭게 다가옵니다.

이처럼 우리는 마지막 순간까지

선택을 피할 수 없습니다.

오늘의 선택이 좋지 않았다고

내일도 나쁠 수는 없겠지요.

내일은 내일의 선택이

우리를 기다리고 있습니다.

선택을 잘했다고

반드시 성공하는 것도 아닙니다.

선택한 뒤에는 초심으로 돌아가

이걸 해야 합니다.

A, 행동(Act)으로 실천하는 일입니다.

선택이 행동으로 이어질 때

새롭게 태어날 수 있습니다.

최선을 다했다면 실패한 인생은 없습니다.

많은 결과가 모여

그 사람의 인생을 그려낼 뿐

마지막 순간까지 날마다 새로운 마음으로

감사하며 살아갈 수 있습니다.

조금 더 멀리
더 큰 꿈을 꾸어 봅시다.

명작을 만드는 인생

TV에 출연한 노부부가

새로 지은 전원주택을 자랑합니다.

부부는 20년 동안 꿈꾸었던 집이라며

감격을 숨기지 않습니다.

꿈을 이루는 시간은 저마다 다릅니다.

며칠 만에 이루는 꿈도 있지만

한세월 다 바쳐야 가까이 다가가는

꿈도 있습니다.

미켈란젤로는 천지창조를 4년 동안 그렸고

마가렛 미첼은 10년 넘게 쓰던 기록을 모아

『바람과 함께 사라지다』를 발표했습니다.

빅토르 위고의 대작 『레미제라블』은

집필을 시작한 뒤

17년 만에 세상에 모습을 드러냈습니다.

확신할 수 없는 꿈은 허상,

혹은 망상이라고도 하지요.

너무 오래 걸릴 것 같은 꿈도

그렇게 여겨지곤 합니다.

그러나 평생을 투자해 무언가 이루겠다는 목표는

인생을 낭비하지 않게 하고

자신을 특별하게 만들어 줍니다.

조금 더 멀리 더 큰 꿈을 꾸어 봅시다.

가능성을 계산하지 말고 꿈이 이끄는 대로

하루하루 성실하게 다가가다 보면

명작을 만드는 인생이 아닌

내 인생 자체가 명작이 되어 있을지 모릅니다.

사람은 떠나도
사랑은 남습니다.

엄마와 딸의 대화

날이 선선하면

앞집의 모녀가 마당에 나와 계십니다.

치매에 걸린 할머니와 딸의 대화는

잘 들리지 않는 할머니로 인해

제 귀에 쏙쏙 들어와 꽂힙니다.

대화의 80%는 모녀간의 다툼입니다.

밥을 달라는 할머니와

방금 드시지 않았느냐는 딸의 다툼은

너만 맛있는 거 먹고 왔냐는 할머니의 의심에

그러지 않았다는 해명으로 이어집니다.

남의 집 고추를 따야 한다는

할머니를 만류하는 딸의 목소리에는

간병인의 고단한 일상이 묻어 있습니다.

그러나 딸은

대화의 내용을 빠르게 바꾸어 냅니다.

"엄마, 나 학교 다닐 때

엄마가 사준 가방 기억나?"

"그럼, 그게 얼마나 비싼 건데.

몇 달을 모아서 산 거야."

조금 전 일도 기억 못 하시는 할머니께서

수십 년 전 일을 기억하십니다.

그리고

그 이야기로 딸과 달콤한 대화가 이어집니다.

기억이 사라지는 병을 겪고 계시지만

그럼에도 불구하고

잊을 수 없는 기억도 있나 봅니다.

그래서 사람은 떠나도 사랑은 남는 것 같습니다.

사랑할수록

아름다운 기억만 남았으면 좋겠습니다.

최선을 다해야 하는 일에
시선을 모으세요.

목표를 위하여

성공의 방법을 묻는 지인에게
투자의 귀재 워런 버핏은 이렇게 대답했습니다.

"앞으로 이루고 싶은 목표 25개를 적어 보게.

그중에서 가장 이루고 싶은 5개에

동그라미를 그리게나.

그리고 5개가 이루어질 때까지

나머지는 쳐다보지도 말게.

나머지 20개가 5개를 이루는 데

33

방해가 될 테니까."

생각해보면 투자하지 않는 인생은 없습니다.

자본의 투자가 아니더라도

우리는 시간을 활용해

취미 활동이나 공부를 하면서

인생의 목표를 찾아갑니다.

이 모든 것들이

삶을 투자하는 각자의 방식입니다.

그러나 하고 싶은 것을

다 이루며 사는 사람은 없습니다.

정말 원하는 몇 가지를 제외한다면

다른 사소한 욕망은

목표를 이루는 데에

도리어 방해가 될 수 있습니다.

최선을 다해야 하는 일에 시선을 모으세요.

그리고 집중을 방해하는

사소한 욕망은 떼어내십시오.

많은 성공이 인생의 가치를 증명하지 않습니다.

단 하나의 목표를 이루는 것만으로도

충분히 멋진 인생이라 말할 수 있습니다.

사랑이 담긴
빈말 한 마디 어떠신지요.

빈말

빈말이라는 말이 있습니다.

"언제 밥 한번 같이 먹죠?", "멋진데요?"처럼

가볍게 주고받는 말을 빈말이라고 합니다.

우리는 빈말을 상대방의 기분을 맞춰주기 위한

예의라고 생각합니다.

그런데 빈말은 오래된 관계일수록

더욱 효과가 좋습니다.

서로의 모습과 마음을 다 아는 사이에서

더 큰 힘을 발휘합니다.

아내에게 "당신 오늘 예뻐요."라고 말하거나,

남편에게 "항상 고마워요."라고 말하면

뜬금없이 무슨 말이냐며

타박이 돌아올 수도 있습니다.

하지만 텅 비어 있는 말 같아도

한쪽 구석에 숨겨져 있는

은밀한 의미를 알아챌 수 있기에

위로와 힘을 얻습니다.

말의 겉이 어떠하든 빈말 속에서

당신과 잘 지내고 싶다거나

당신을 응원한다는 속뜻을

읽을 수 있기 때문입니다.

오늘은 사랑이 담긴 빈말 한 마디 어떠신지요.

입에서 떠난 말 한마디는

허공에 사라지고 말지라도

상대방의 마음은

사랑과 믿음으로 가득 차게 만들 수 있습니다.

한 그루의
작은 나눔을 심어 봅시다.

나무를 심는 노인

길을 지나던 나그네가 나무를 심고 있는
노인을 보고 물었습니다.

"무슨 나무를 심고 계세요?"

노인은 허리를 펴고 일어나 대답했습니다.

"과일나무랍니다."

"어르신께서는 그 열매를 드실 수 있겠습니까?"

"30년은 지나야 하니 맛볼 일은 없을 것 같네요?"

"그런데 왜 이렇게 힘들게 나무를 심고 계세요?"

"내가 어릴 때 우리 집 뒷마당에는 과일나무가 많았지요. 나는 어린 시절 그걸 먹으면서 자랐다오. 아버지와 할아버지께서 심으신 과일나무였습니다. 난 지금 아버지와 할아버지께서 하셨던 일을 하고 있을 뿐이라오."

탈무드에 나오는 이야기입니다.
노인이 심는 나무에는 사랑이 담겨 있습니다.
후손들에게 행복의 맛을 전해주려는
따뜻한 마음입니다.
한 그루의 작은 나눔을 심어 봅시다.
시간은 더딜지라도 열매는 달고 풍성해서
많은 사람에게 살맛 나는 세상을 알려주리라
믿습니다.

사랑한다면
항상 새로운 시선으로
바라봐 주세요.

초두 효과 (Primacy effect)

'초두 효과'라는 말이 있습니다.

처음 접하게 된 정보가

나중에 알게 된 정보보다

기억에 잘 남는다는 말입니다.

초두 효과는 첫인상으로 잘 알 수 있습니다.

첫인상이 좋은 사람은

실수해도 이해해 주는 반면

첫인상이 좋지 않으면 비슷한 실수에도

불편한 감정을 느낍니다.

그래서 사람들은 멋진 첫인상을 남기기 위해
노력합니다.

하지만 첫인상이 그 사람의 모든 것을
담고 있진 않습니다.
시간을 두고 상대방의 진심을 헤아리지 못하면
첫인상은 자칫 편견으로 굳어질 수 있습니다.
편견은 오해와 다툼을 불러일으키고
굳어버린 생각은 관계마저 무너뜨립니다.
소중한 사이일수록
더 세심하게 살펴야 하는 이유입니다.

사랑한다면
항상 새로운 시선으로 바라봐 주세요.
나태주 시인의 글처럼
사람은 오래 보아야 진짜 아름다움을
찾을 수 있습니다.

언제 넣든지
단 한 골이면 충분합니다.

로스타임 (Loss Time)

정오의 3호선 열차 안은 제법 쾌적했습니다.

어르신 두 분이

비어 있던 옆자리를 차지하셨습니다.

목소리가 크진 않으셨지만,

열차 안이 조용했기에

두 분의 대화가 귀에 쏙쏙 들어왔습니다.

"이 사람아. 이제 인생 후반전이야.

그만하고 쉬어.

아니, 후반전도 아니지. 경기 끝났어.
로스타임이야.”

친구분의 무모한 도전을 가로막는 듯한
이야기에 어떤 대답을 하실지 궁금해
귀를 쫑긋 세웠습니다.

“아니, 로스타임에는 골 안 들어가냐?
골 넣으면 될 거 아냐!”

마음에 ‘쿵’ 커다란 공이 들어와 박혔습니다.
축구 경기,
90분의 시간이 지나면 심판의 재량으로
잃어버린 시간을 채워 경기가 이어집니다.
두 분의 인생은 그 시간에 다다르셨나 봅니다.
그 시간에도 최선을 다하겠다는
어르신의 각오가 남다르게 느껴집니다.
그렇습니다.

인생에 많은 골이 필요하진 않습니다.

단 한 골,

언제 넣든지 단 한 골이면 충분합니다.

소통은 내 생각을
상대방의 생각과
맞추는 것입니다.

지식의 저주

심리학을 전공하던 엘리자베스 뉴턴은

흥미로운 실험을 했습니다.

누구나 알 수 있는 노래를

실험 대상자에게만 알려주고

상대방에게 리듬만 들려주어

알아맞히도록 했습니다.

실험 대상자들의 절반은

상대방이 노래를 맞출 수 있을 거라

예상했습니다.

그러나 실제로 상대방의 98%는

노래를 맞추지 못했습니다.

이처럼 내가 알고 있는 것을

상대방도 알고 있을 거라

착각하는 오류를 가리켜

'지식의 저주'라고 부릅니다.

어린아이들에게 전문가 수준으로 설명하면서

답답해하는 것과 비슷한 문제입니다.

우리는 누구나 잘 알지 못하는 부분이 있습니다.

천재 물리학자라도

모든 문학 서적을 다 알지는 못합니다.

소통은 내 생각을

상대방의 생각과 맞추는 것입니다.

내 생각을 정답이라 정해 두고

무조건 이해하라고 하면

공감을 끌어내기는커녕

관계마저 무너뜨립니다.

누구라도 쉽게 이해시킬 수 있는

설명의 기술은 상대방을 배려하는 태도와

겸손한 마음입니다.

풍부한 지식이 자랑이 될 순 있겠지만

마음을 나누는 것보다 행복할 수는 없습니다.

오늘 하루,
하고 싶은 일을 한다면
그걸로 충분합니다.

성공에 대하여

무슨 일을 하든지

시간이 지나면 결과를 얻습니다.

아쉬운 결과일 수도 있고

대단한 성공을 이룰 때도 있지요.

그렇게 자신의 인생에 값을 매기곤 합니다.

누구는 성공했으며

누구는 실패했다고 평가합니다.

실패와 성공을 나누는 기준은 무엇입니까?

그리고 그 기준은 정당한가요?

미국의 대중 음악가이자 노벨 문학상을 받았던
밥 딜런은 성공에 대해 이렇게 이야기합니다.

'사람이 아침에 일어나고 밤에 잠자리에 드는 동
안 하고 싶은 일을 한다면 그 사람은 성공한 것
이다.'

그 누구도 내일이 약속된 삶은 없습니다.
지나간 시간은 지나간 대로 두세요.
오늘 하루, 하고 싶은 일을 한다면
그걸로 충분합니다.
성공의 여부는 잠들기 전
당신의 미소 속에 있습니다.

따뜻한 마음으로
사랑을 나누는 이들이
더욱 그리워집니다.

힘내, 가을이다 사랑해

94세의 최고령 의사였던 한원주 원장은

마지막 순간까지 최선을 다해

환자들을 돌보았습니다.

병은 사랑으로 나을 수 있다는 믿음으로

정성을 다해 환자들을 진료했습니다.

노환이 깊어 더 이상 진료를 할 수 없게 되자

본인이 일하던 요양병원에서

임종을 맞이했습니다.

2020년 가을, 한원주 원장은 병원 식구들에게

따뜻한 유언을 남기고 세상을 떠났습니다.

'힘내, 가을이다. 사랑해.'

한원주 원장은 독립운동가의 후손으로

형편이 어려운 사람들을 위해

무료 진료를 하면서

철저히 봉사의 삶을 살았습니다.

나눌 때 더욱 행복하다고 말했던 그녀는

재산을 사회에 환원하고

조용히 우리 곁을 떠났습니다.

찬 공기가 마음을 시리게 하는 계절이 오면

따뜻한 마음으로 사랑을 나누는 이들이

더욱 그리워집니다.

그래서 이번 가을은

이렇게 인사를 나누고 싶어집니다.

'힘내, 가을이다. 사랑해.'

의인은
스스로 의롭다고 하지
않습니다.

의인과 죄인

세상에는 두 종류의 인간이 존재한다.

하나는 자신을 죄인이라 생각하는 의인.

다른 하나는 자신을 의인이라 생각하는 죄인.

파스칼의 『팡세』에 나오는 글입니다.

자신이 옳다는 믿음이 강하면

타인에게 상처가 될 수 있습니다.

내가 믿는 정의도 사랑과 연민을 밀어내면

폭력으로 변질될 수 있습니다.

부족한 모습은 죄가 아닙니다.

도리어 자신의 부족한 모습을 바라보며

겸손과 이해심을 키워가는 모습 속에서

세상은 아름답게 만들어집니다.

의인은 스스로 의롭다고 하지 않습니다.

사랑하는 마음으로 자신을 낮추는

당신이야말로 언제나 옳습니다.

누구나 쉽게
행복을 느끼는
방법이 있습니다.

행복한 이유

누구나 행복을 꿈꾸지만

행복하다고 말하는 가족은 많지 않습니다.

행복은 원하는 만큼

마음껏 움켜쥘 수 없습니다.

특별한 사람에게만 주어지는

축복처럼 여겨집니다.

그럼에도 누구나 쉽게

행복을 느끼는 방법이 있습니다.

바로 웃음입니다.

웃음을 줄 수 있다면 더할 나위 없겠지만
모두가 유머에 소질이 있는 건 아닙니다.
그러나 누구나 할 수 있는 일이 있습니다.
편안하게 웃어 주는 것입니다.
식탁에서, 현관에서, 대화 속에서
자녀에게, 아내에게, 남편에게, 부모에게
언제나 환한 웃음으로 대할 수 있다면
행복은 분명히 다가옵니다.

'행복하기 때문에 웃는 것이 아니라
웃기 때문에 행복하다.'
미국의 심리학자이자 철학자
윌리엄 제임스의 말입니다.

처음부터 잘하는 사람은
많지 않습니다.

실패와 눈물

누구나 성공을 꿈꾸며 일어섭니다.

걷고, 뛰고 앞으로 나아가려 하지만

처음부터 잘하는 사람은 많지 않습니다.

한 번쯤은 누구나 실패를 경험합니다.

그렇게 실패를 반복하다 보면

불안과 자괴감이 엄습합니다.

마음에 생긴 그늘은 눈물을 흐르게 하고

그 눈물은 부끄러움,

나약함의 상징처럼 여겨집니다.

하지만 눈물은 평범한 감정 표현입니다.

우리는 누구나 울음을 가장 먼저 배웠습니다.

울음을 통해 호흡하고 감정을 표현했습니다.

고대 로마의 철학자 세네카는

흐르는 눈물을 그대로 두면

그 눈물이

당신의 영혼을 진정시킬 것이라 말했습니다.

눈물을 부끄럽게 여기지 마십시오.

실패는 도전의 흔적이자

새로운 길을 열어주는 희망입니다.

자연의 모든 성장에 수분이 필요하듯

우리의 영혼도 눈물을 머금고 성장할 것입니다.

문명을
아름답게 채우는 것은
경쟁이 아닌 연민입니다.

치유된 다리뼈

문화 인류학자 마가렛 미드(Margaret Mead)는

인류문명의 첫 번째 신호에 대한

질문을 받았습니다.

사람들은 오래된 유물들을 상상했습니다.

그러나 그녀의 대답은

'치유된 사람의 다리뼈'였습니다.

그리고 답변의 이유를 이렇게 설명했습니다.

"고대의 야생에서 뼈가 부러지는 부상은

죽음을 의미합니다.

움직일 수 없는 인간은 맹수의

먹이가 될 수밖에 없습니다.

부러졌다가 치유된 다리뼈는

회복될 때까지 누군가가

함께 있으면서 돌봐주었다는 것을 의미합니다.

어려움에 처한 사람을 돕는 행동이

문명의 시작입니다."

우리는 어느 때보다 고도화된

문명을 누리고 있습니다.

손가락 터치 몇 번으로

지구 반대편의 정보까지 알 수 있습니다.

그럼에도 불구하고

여전히 힘겨운 삶을 사는 이웃이 많습니다.

문명을 아름답게 채우는 것은

경쟁이 아닌 연민입니다.

연민은 타인의 슬픔에 공감하고

다가가는 마음입니다.

치유된 마음은

한 사람만을 향한 위로가 아닙니다.

희망으로 미래를 채우는

새로운 문명의 신호입니다.

나를 가슴 뛰게 하는 일은
내 삶을 빛나게 합니다.

건초더미

러시아의 부유한 가정에서 자란 칸딘스키는

대학에서 법학을 가르치고 있었습니다.

어느 날,

미술관에서 그림을 둘러보던 칸딘스키는

모네의 그림 '건초더미'를 보고

깊은 충격을 받았습니다.

처음에는 무슨 그림인지

도무지 알 수 없었지만

이내 그림이 주는

묘한 매력에 사로잡히고 말았습니다.

그 후 교수직을 그만두고

독일의 미술학교에 입학했습니다.

당시 나이 30세, 자신의 경력을 모두 버리고

한순간에 자신의 미래를 바꾸어 버렸습니다.

그리고 현대 추상화의 선구자로

수많은 명작을 남겼습니다.

나를 두근거리게 하는 일은

언제 어디서 만날지 모릅니다.

이른 시기에 만난다면

이보다 좋을 순 없겠지만

늦으면 또 어떻습니까?

언제 어디서 만나게 될지 몰라도

나를 가슴 뛰게 하는 일은

내 삶을 빛나게 합니다.

변화에 정해진 시간은 없습니다.

도전과 확신만 있다면 그것으로 충분합니다.

아름다운 숲은
자연의 넉넉한 인심으로
만들어집니다.

참나무와 다람쥐

참나무는 가을이 되면

도토리를 떨어뜨립니다.

참나무 한 그루에서

많게는 수천 개의 도토리가 떨어집니다.

도토리는 다람쥐나 청설모의

가을철 주요 식량이 됩니다.

다람쥐는 잘 익은 도토리를 주워

땅에 묻어 저장해둡니다.

겨울을 대비하기 위한

다람쥐의 생존 본능입니다.

그러나 저장한 도토리의 90%는

찾아내지 못합니다.

그렇게 다람쥐가 잊어버린

도토리의 일부는 봄이 되면 싹을 틔우고

천천히 참나무로 성장합니다.

다람쥐의 건망증이 참나무 숲을 만든 것입니다.

아름다운 숲은

자연의 넉넉한 인심으로 만들어집니다.

인간의 과한 욕심만 없다면

자연은 언제나 아름답습니다.

우리는 자연이 주는

사계절의 아름다움을 즐기고도

편리함과 욕심 때문에

숲을 망가뜨리기에 주저하지 않습니다.

필요한 만큼만 얻고

나머지는 자연으로 돌려주는 것이

다람쥐와 참나무가 보여주는

자연의 법칙입니다.

우리의 욕심이

아름다운 자연의 하모니를 깨지 않도록

발걸음 하나에도

배려와 존중이 담기기를 기대합니다.

자기 자신에게 주어진
색깔로 빛날 때
세상은 더 아름답습니다.

위인부령화 (爲人賦嶺花)

붉을 홍 한 글자 만을 가지고	毋將一紅字
눈에 가득 찬 꽃을 일컫지 말라	泛稱滿眼華
꽃 수염도 많고 적음이 있으니	華鬚有多少
세심하게 하나하나 살펴보기를	細心一看過

조선 후기 실학자
박제가의 시 <위인부령화>의 내용입니다.
꽃이라고 하면 으레
붉다고 생각하지 말라고 합니다.

세심하게 살펴보면 저마다 다양한 모습과

색을 지녔다고 말합니다.

편견으로 세상을 보지 말고

저마다의 독특한 모습을 인정하고

이해해 주길 바라는 실학자다운 마음입니다.

오래된 시 한 편이 지금도 마음에 와 박힙니다.

생각의 틀을 깨고 여유롭게 바라본다면

다양한 생각과 모습들을

마음에 담을 수 있습니다.

이해의 폭이 커질수록

오해는 줄어들고 갈등은 해소됩니다.

모두가 붉을 수는 없습니다.

형형색색의 꽃밭이 더욱 아름다운 것처럼

자기 자신에게 주어진 색깔로 빛날 때

세상은 더 아름답습니다.

세심하게 살피는

작은 수고로 만들어가는 세상입니다.

아름다운 꽃을 피운
우리의 이웃,
우리의 가족이 있습니다.

들꽃처럼

신호등 주변에 예쁜 화단이 가꾸어졌습니다.

손바닥만 한 작은 표지판에는

꽃 이름이 적혀있었습니다.

열흘쯤 지나 근처를 다시 지나게 되었습니다.

누군가 화단을 밟았는지, 지난 비바람에

쓰러졌는지 주황색 예쁜 꽃잎들은

흙 속에 처박혀 있었습니다.

그런데 화단 옆으로 이전엔 보이지 않던

꽃들이 자라났습니다.

가느다란 가지는 보도블록의 미세한 틈을

비집고 올라 노랗고 예쁜 꽃을 피웠습니다.

가꾸지도, 보호받지도 않았지만,

무릎 높이까지 제법 곧게 자라났습니다.

들꽃을 보며 누군가의 모습을 떠올렸습니다.

힘든 형편 속에서 어렵게 공부를 마치고

가정을 꾸린 친한 친구가,

남편을 잃고 홀로 아들을 키우며

억척같이 살고 있는 후배의 모습이,

가난의 시절을 딛고 우리를 키워주셨던 어머니,

그리고 아버지……

들꽃처럼 아무도 모르게 누구의 도움도 없이

아름다운 꽃을 피운 우리의 이웃,

우리의 가족이 있습니다.

비록 세월은 흐르고 꽃은 떨어질지라도

바람에 날린 꽃씨는 질긴 생명력으로

새로운 꽃을 피우며

아름다운 향기를 뿜어낼 것입니다.

그가 보여준
사랑과 희생이
이제 우리의 손에서
다시 빛날 수 있기를
소원합니다.

석호필 이야기

3·1운동의 서른네 번째 민족 대표라 부르는

독립운동가가 있습니다.

석호필(石虎弼).

이름처럼 단단하고, 두려움 없이,

남을 도왔던 석호필은

영국인 의학자이자 선교사였던

프랭크 스코필드(Frank W. Schofield)의

한국 이름입니다.

장로회 선교사로 한국에 온 스코필드는

세브란스 의전에서 학생들을 가르쳤습니다.
스코필드는 독립선언서 번역을 도왔고,
3·1운동이 일어나자 시위 현장에 나가
역사의 현장을 사진으로 기록했습니다.
시위로 독립투사들이 잡혀가자
직접 형무소를 방문해 고문의 흔적을 확인한 후
총독부로 찾아가 항의하기도 했습니다.
화성의 제암리에서 끔찍한 일이 벌어졌다는
소식을 듣고 한걸음에 달려가
일본군의 학살 현장을 직접 촬영했습니다.
그리고 해외의 여러 언론에 자신이 작성한
현장 리포트를 보냈습니다.
그가 없었으면 제암리 학살사건은
세상에 알려지지 못했을지도 모릅니다.

'내가 죽거든 한국 땅에 묻어주시오.
그리고 내가 도와주었던 소년, 소녀들과
불쌍한 사람들을 맡아 주십시오.'

국립 현충원 애국지사 묘역에 안장된

그의 묘비에 새겨진 글입니다.

그의 마지막 유언이

우리 모두에게 남기는 부탁처럼 들립니다.

그가 보여준 사랑과 희생이

이제 우리의 손에서 다시 빛날 수 있기를

소원합니다.

결과만으로
우리가 보낸 시간을
평가할 수는 없습니다.

마지막 강의

2007년,

미국 카네기멜런대학의 랜디 포시 교수는

마지막으로 강단에 섰습니다.

1년 전 췌장암 판정을 받고 재발한 뒤,

6개월이라는 시한부 판정을 받은 것입니다.

그의 마지막 강의의 제목은

'어린 시절의 꿈을 이루는 방법'이었습니다.

그는 자신의 어린 시절의 꿈과

그 꿈을 이루는 과정을 이야기했습니다.

시한부 암 환자라고 믿을 수 없을 만큼

너무나 밝고 재밌는 강의였습니다.

강의를 마무리하며

그는 자신이 말하고 싶었던

진짜 메시지를 전했습니다.

"사실 이 강의는

어떻게 꿈을 이루는가에 관한 이야기가

아닙니다.

어떻게 삶을 살 것인가에 관한 이야기입니다.

당신이 올바른 삶을 살아간다면

꿈은 저절로 찾아올 것입니다."

랜디 포시 교수는 마지막 강의를 끝낸 후

1년 뒤 세상을 떠났습니다.

그러나 그의 마지막 강의는

여전히 많은 사람에게 전해지고 있습니다.

한 해를 마무리하는 시간이 오면

우리는 이루지 못한 소망으로 자책하곤 합니다.

하지만 결과만으로 우리가 보낸 시간을

평가할 수는 없습니다.

최선을 다한 시간이었다면

지금 당장은 아닐지라도

그 시간 들이 모여 더 큰 꿈을 이루는

힘이 될 수 있습니다.

눈앞의 결과에 낙심하지 마십시오.

성실하고, 정직하고, 배려하고,

함께 나누었다면 당신은 꽤 괜찮은

한 해를 보내었다고 자부해도 좋습니다.

어디에서 무엇을 하든지
정의롭고 바른 시민으로
성장하기를 기대합니다.

학생의 날

1929년 11월 1일,

광주의 통학 열차에서 싸움이 일어났습니다.

일본인 학생이 조선인 여학생을 괴롭혔고

여학생의 사촌 동생이 항의하다

큰 싸움으로 번지고 말았습니다.

그러나 일본 경찰은

일본인 학생만 편을 들었고

조선인 학생들을 구타했습니다.

가뜩이나 차별과 강압적인

일본식 교육으로 불만에 차 있던

광주의 학생들에게

이 사건은 기름을 부은 격이 되었습니다.

이틀 뒤 11월 3일,

광주의 학생들은 대대적인

항일 시위를 벌였습니다.

이 시위는 이듬해 3월까지

전국적으로 확대되었고

3.1 운동과 6.10 만세 이후

최대 규모의 항일 운동으로 역사에 남았습니다.

광복 이후, 학생들의 정신을 기념하고자

11월 3일을 '학생의 날'로 지정했습니다.

그리고 지금은

학생독립운동기념일로 지켜지고 있습니다.

학생들에게 11월은

입시와 진학의 중대한 갈림길에 서는

매우 중요한 시기입니다.

두렵고 떨리는 순간이지만 부담감을 떨치고

노력 한 만큼 좋은 결과가 있기를 응원합니다.

그리고 한 세기 전,

나라와 민족을 위해 거리로 나섰던

우리 선배들의 11월을 잊지 말고

어디에서 무엇을 하든지

정의롭고 바른 시민으로

성장하기를 기대합니다.

돌아보지 말고
당당하게 당신이 선택한
길을 걸어가십시오.

뷔리당의 당나귀

굶주린 당나귀 한 마리가

건초 더미를 발견했습니다.

그런데 반대편에 건초 더미 하나를

더 발견하고는 멈춰 섰습니다.

그리고 어느 건초 더미가 더 많은지

한참을 고민했습니다.

결국, 아무것도 결정하지 못한 당나귀는

건초 더미 앞에서 굶어 죽고 말았습니다.

중세 프랑스 철학자,

장 뷔리당의 우화에 등장하는 이야기입니다.

너무나 어이없는 이야기에

헛웃음이 나올지도 모릅니다.

그러나 뷔리당의 당나귀는

스스로 결정하기 어려워하는

우리들의 이야기이기도 합니다.

넘쳐나는 상품들을 비교하느라

하루종일 쇼핑을 해도 선뜻 결정하지 못합니다.

너무 많은 정보와 타인의 시선은

선택을 어렵게 만듭니다.

물건 하나 고르지 못하는 것은

차라리 괜찮습니다.

인생의 중요한 선택 앞에서도

스스로 결정을 내지 못할 때가 많습니다.

우리는 선택보다 포기해야 하는 것에

너무 집착하는 것은 아닐까요?

어떤 선택이든 노력 없이는

결과가 좋을 수 없습니다.

돌아보지 말고 당당하게

당신이 선택한 길을 걸어가십시오.

인생은 선택이 아닌

내가 흘린 땀으로 빛나는 것입니다.

그의 소망을
마음의 눈으로 바라봅니다.

서시

1943년,

7월 일본에서 유학하던 윤동주는

급히 귀향을 준비했습니다.

그러나 그의 귀향은 이루어지지 못했습니다.

치안유지법 위반으로 검거되어

2년 형을 받았기 때문입니다.

형기를 다 마치기도 전에

가족에게 비보가 전해졌습니다.

윤동주의 시신을 찾아가라는 전보였습니다.

형무소를 찾아간 가족은

함께 잡혀간 사촌 형, 송몽규에게

끔찍한 사실을 들었습니다.

두 사람에게

알 수 없는 주사를 계속 놓았다는 것입니다.

그리고 그 역시 한 달 뒤 죽음을 맞이했습니다.

윤동주가 세상을 떠난 지 불과 반년 만에

조국은 광복을 맞이했습니다.

그의 시는 광복 후,

3년이 지나서 발표되었고,

그의 젊은 날의 고뇌와 그가 꿈꿨던

작은 소망을 만날 수 있었습니다.

모든 죽어가는 것들을 사랑하겠다는

그의 다짐이

광복의 기억이 저만치 멀어져가는 지금에도

깊은 울림을 남겨 줍니다.

그리고 자신에게 주어진 길을 걸어가겠다는

그의 소망을 마음의 눈으로 바라봅니다.

그는 비록 광복의 조국을 맞이할 수 없었지만

그의 다짐을 따라 이웃을 사랑하고

묵묵히 자신의 길을

걸어가는 이들의 모습 속에서 빛나고 있습니다.

물질보다
마음과 마음으로 이어지는
명절이 되기를
기대해봅니다.

세뱃돈

어린 시절,

설날이 되면 세배를 드리러

시골 동네를 돌아다녔습니다.

세뱃돈 한 푼 더 받고 싶은 마음에

열심히 돌아다녔지만

세뱃돈보다 떡국 한 그릇 내어주시는

어르신들이 많아

결국 배만 잔뜩 부른 채로

설날 아침을 보냈던 기억이 떠오릅니다.

시간이 흘러도

세뱃돈을 기대하는 아이들의 모습은

달라지지 않았습니다.

설날을 앞두고 아이들은

미리 얼마를 받을까 기대하면서

사고 싶은 쇼핑 목록을 작성하기도 합니다.

세월이 흐르다 보니

세뱃돈의 규모도 커졌습니다.

어린아이들도 만 원짜리 지폐 몇 장은

제법 우습게 여기며

부유한 가정의 자녀들은

일반인의 상상을 뛰어넘는 액수를

받기도 합니다.

이쯤 되면 설날은 아이들에게

제법 수지맞는 날인지도 모르겠습니다.

그러나 세배(歲拜)는

어르신들을 위한 예법입니다.

세배는 '지난 세월에 감사를 남기다.'라는

의미를 담고 있습니다.

새해 첫날,

힘든 세월을 묵묵히 이겨내신 어르신들께

존경의 의미로 찾아가

문안을 드리는 전통입니다.

세뱃돈이나 내어주시는 음식은

한 해의 건강과 풍요를 바라는

축복의 의미입니다.

이처럼 옛 추억의 설날은

존경과 축복이 오고 가는

아름다운 모습이었습니다.

혹여나 지금의 설날이

허례와 욕심으로 채워지고 있지는 않습니까?

한 해의 시작을 의미 있게 보내기 위해

우리의 설날이 물질보다 마음과 마음으로

이어지는 명절이 되기를 기대해봅니다.

보여지는 것에만
정성을 들이지 마십시오.

나사 하나 때문에

초등학교 5학년인 둘째 아들이

학교에서 나무 상자 만드는 수업을 했습니다.

거의 다 만들고서 뚜껑을 덮으려고 하는데

덮어지지 않았습니다.

당황한 아들은 상자를

이리저리 돌려보았습니다.

한참을 돌려 보고서야 가장 처음에 조립한

나사 하나가 제대로 조여지지 않았음을

발견했습니다.

부랴부랴 상자를 분해했습니다.

그러나 이번에는 잘못 조여진 나사가

풀어지지 않는 것입니다.

아무리 힘을 주어도

나사는 꿈쩍하지 않았습니다.

수업 시간이 끝나고

친구들은 자기가 만든 작품을 제출했지만

당황한 아들은 식은땀을 흘리며

멍하니 자리에 앉아있었습니다.

선생님께 꾸지람을 듣고 온 아들은

속상했던 그 순간을 생생하게 전해주었습니다.

그러나 다음 날 학교에서 돌아온

아들의 표정은 사뭇 달랐습니다.

선생님께서 완성하지 못한 친구들을 위해

자습 시간을 이용해 조립하도록 해 주셨고,

여유로운 마음으로 나사를 풀다 보니

쉽게 풀렸다는 것입니다.

그리고 모든 나사를 꼼꼼히 조립해

멋진 상자를 만들었다며 자랑했습니다.

아들은 그렇게 작은 나사 하나의

중요성을 깨닫게 되었습니다.

작은 실수는 가볍게 여길 때가 많습니다.

그러나 돌이켜보면

작은 실수를 눈감는 순간이

언제나 대형 사고의 원인이 되었습니다.

보여지는 것에만 정성을 들이지 마십시오.

최고의 결과는 언제나

지금 내 손에 놓인

작은 나사 하나에 달려 있습니다.

아픔을 아는 사람이
타인의 아픔에
공감할 수 있습니다.

영조와 어머니

조선의 21대 임금 영조(英祖)의 어머니,

숙빈 최씨는 하급 궁녀였습니다.

어머니의 신분 때문에 영조의 어린 시절은

매우 비참했습니다.

고관 대신들은 그를 무시하기 일쑤였으며,

도리어 어린 영조를 놀려주려고 한

이들도 있었습니다.

그러나 영조는

어머니를 존경하고 사랑했습니다.

자주 찾아뵈면서 문안을 여쭈었으며,

어머니가 돌아가시자 시묘살이*를 자청한

효성스러운 아들이었습니다.

미천한 신분으로 고생하셨던

어머니 때문이었을까요?

영조는 평민들을 위한 정책을 두루 펼쳤습니다.

균역법을 통해 군역을 대신하는

세금을 낮추었으며

형벌을 낮추거나 양반이 사적으로

백성들을 징계하지 못하도록 했습니다.

이심전심이라고 하지요.

조선 후기 부흥을 이끌었던

영조의 따뜻한 정책은 본인이 체험한

아픔과 공감을 통해서 역사의 한 페이지를

장식하고 있습니다.

최근 들어 공감할 수 있는 능력이

하나의 경쟁력으로 떠오르고 있습니다.

타인의 마음을 이해할 수 있는 능력이

사회를 변화시킬 수 있다는 것입니다.

아픔을 아는 사람이

타인의 아픔에 공감할 수 있습니다.

힘들수록 이웃의 손을 잡고 희망을 나누십시오.

상처는 치유되고, 세상은 한 걸음 더

아름다워질 것입니다.

*부모님이 돌아가시면 자식이 3년 동안 묘소 근처에
움집을 짓고 산소를 돌보며 공양하는 전통

과거의 악습을 버리면
더 깨끗하고 아름다운
세상이 될 수 있습니다.

버리기

추운 겨울,

거리에서 얇은 텐트 하나로

생계를 이어가던 노숙자에게

복지단체에서 고시원 방 한 칸을

마련해 주었습니다.

이제 편안하게 지낼 수 있겠구나 싶었는데

얼마 후 민원이 들어왔습니다.

그 방에 악취가 너무 심해

주위 사람들이 생활하기 어렵다는 것입니다.

목사님 한 분이 찾아가

그 방의 상황을 살폈습니다.

노숙할 당시의 습관을 버리지 못하고

거리에서 쓰레기를 뒤져

쓸 만한 것이 있으면 죄다 가져와

방안에 쌓아 둔 것입니다.

본인에게는 쓸 만한 물건이라지만

쓰레기 더미에 있던 물건이 온전할 리 없습니다.

아무리 설득해도 꿈쩍하지 않았습니다.

고장 나서 작동하지 않는 물건인데도

쓸 수 있다고 막무가내입니다.

장시간 설득한 끝에 청소를 허락받았습니다.

봉지 가득 쓰레기를 치우고

깨끗한 물건으로 자리를 채웠습니다.

처음엔 완강히 반대하더니

본인도 깨끗해진 공간이 싫지 않은 눈치입니다.

앞으로 방 안에 쓰레기는 절대 두지 마시라고

몇 번이나 당부를 드렸습니다.

그러나 스스로 버리지 않으면

그곳은 다시 예전처럼 돌아가고 말 것입니다.

세상은 빠르게 변하는데 버리지 못한

과거의 악습들이 악취를 풍기고 있습니다.

변화는 두렵습니다.

그러나 과거의 악습을 버리면 더 깨끗하고

아름다운 세상이 될 수 있습니다.

멀리 볼 것도 없습니다.

당장 내 앞에 놓인 작은 쓰레기부터 버립시다.

내 마음속 작은 이기심 하나 버리는 것이

대청소의 시작이 될 것입니다.

열심히 달리다 보면
두려움은 자연스럽게
떨어져 나갈 것입니다.

시작(始作)

막내딸이 초등학교에 입학했습니다.

처음엔 들뜬 모습이었지만

오빠들이 잔뜩 겁을 주자

조금씩 긴장된 모습을 보입니다.

꿈을 꿀 때와는 다르게

새롭고 낯선 환경이 현실로 다가오니

두려울 만도 합니다.

시작이 참 어렵습니다.

얼마나 어려우면 선조들은

'시작이 반'이라고 까지 말했을까요?

시작하는 것만으로도

절반을 끝낸 것과 같다는 의미가

뼈저리게 느껴집니다.

초등학교에 입학하는 어린아이에게도

시작은 힘든 일이지만

어른들이라고 특별히 다르지 않습니다.

입사 첫날, 결혼식 날, 아이를 출산하는 날.

모두 행복한 날이라고 부르지만,

사실은 두려움이 더 차고 넘칩니다.

남성들은 입대 첫날의 기억을 지울 수 없겠지요.

다 큰 성인들임에도 불구하고

모두가 어설프고 바보 같은 모습으로

시작합니다.

군화 끈 하나 제대로 못 묶는

훈련병이 수두룩하고,

건빵 한 봉지에 어린아이처럼 욕심을 부립니다.

그러나 시간이 지나면

어느덧 자신의 주특기에 맞춰 능수능란하게

장비를 운용하고 훈련을 완수해 냅니다.

시작의 두려움을 떨쳐낸 뒤에는 말입니다.

시작하는 이들에게 두려움이란

누구에게나 주어지는 이름표와 같습니다.

단거리의 황제 우사인 볼트도

블록에 다리를 걸치고 엉덩이를 들어 올리는

순간만큼은 굳은 표정으로 신호를 기다립니다.

수천 번을 달렸던 선수들도 긴장하는데

처음 시작하는 사람들이 두려운 것은

당연한 일입니다.

걱정하지 마세요.

열심히 달리다 보면 두려움은

자연스럽게 떨어져 나갈 것입니다.

새롭게 시작하는 모든 분을 응원합니다.

부디 결승선에서 환하게 웃는

여러분의 모습을 보여주십시오.

이제 마음을 열고
서로 위로하면서
함께 발을 맞추는 것은
어떨까요?

스크루지의 사무원

찰스 디킨스는 『크리스마스 캐롤』을

집필할 당시 경제적으로 매우 어려웠습니다.

다섯째 아이의 출산을 앞두고 있었지만

빚을 갚기가 어려워

식구들은 식사 한 끼 제대로 할 수 없었습니다.

불안한 디킨스는 하루종일

울다가 웃기를 반복하거나

집 주변을 서성이곤 했습니다.

그런 이유에서인지 『크리스마스 캐롤』에

등장하는 스크루지의 사무원은

마치 디킨스의 모습을 떠오르게 합니다.

주급으로 15실링(한화 약 1,500원)을 받는

스크루지의 사무원이 난로를 때지 않아

손이 얼어붙는 상황에서도 일자리를 잘릴까 봐

눈치를 보는 모습이 그렇습니다.

없는 살림에도 성탄절을 즐겁게 보내기 위해

가족들을 위로하며 즐겁게 보내는 장면은

디킨스의 현실과 소망이 뒤섞여 있는 듯합니다.

스크루지의 사무원은 아마도

많은 이가 가장 공감할 수 있는

등장인물일지 모릅니다.

시대가 달라도 여전히 어려운 환경 속에서

살아가는 이웃이 너무나 많기 때문입니다.

적은 임금, 비정규직, 청년실업, 독거노인, 결식

아동 등.

21세기 대한민국에서는 스크루지의 사무원을

너무나 쉽게 찾을 수 있습니다.

이들은 우리의 이웃이자 내 모습이기도 합니다.

이제 마음을 열고 서로 위로하면서

함께 발을 맞추는 것은 어떨까요?

어느 곳에 있는지, 얼마나 가졌는지는

중요하지 않습니다.

함께 나눌 수 없다면 우리는

결국 외로운 스크루지일 뿐입니다.

애국은
거창한 일이 아닙니다.

순국선열의 날

11월은 국경일이나 명절이 없어

조용하게 연말을 준비하곤 합니다.

그러나 잘 알려지진 않았지만

매우 중요한 기념일이 하루 있습니다.

바로 '순국선열의 날'입니다.

순국선열의 날은 현충일과 같이 나라를 위해

희생하는 분들을 기억하는 날입니다.

그러나 그 기원과 의미는 조금 다릅니다.

순국선열의 날은 1931년 대한민국 임시정부에서

제정했습니다.

국권 회복을 위해 목숨을 바친

독립운동가들의 뜻을 기리기 위해서였습니다.

임시정부는 고민 끝에 11월 17일을

순국선열의 날로 정했습니다.

11월 17일은 대한제국의 독립권이 상실된

을사늑약이 체결된 날입니다.

을사늑약의 치욕을 기억하고,

독립을 위해 희생한 동지들의 뜻을

마음에 새기기 위해

이날을 순국선열의 날로 지정했습니다.

이처럼 순국선열의 날은

역사와 의미에 있어서 매우 뜻깊은 날이지만

이런 날이 있는지조차

모르는 사람들이 많습니다.

공휴일은 아니지만 잠깐 짬을 내서라도

순국선열의 묘지나

추모 장소를 찾아보는 건 어떨까요?

일상이 바쁘면 SNS를 통해

이날을 함께 기억하는 것도 좋습니다.

애국은 거창한 일이 아닙니다.

역사를 기억하고 의미를 나누는 것,

평화의 시대를 사는 우리에게

가장 필요한 애국입니다.

옳다고 믿는 일에는
두려움이 없습니다.

크리스티안의 머리카락

크리스티안은 6살 남자아이입니다.

그러나 머리카락을 자르지 않고

여자아이처럼 긴 머리를 한 채

학교에 다녔습니다.

친구들은 여자라며 놀렸고,

선생님은 머리카락을 자르기를 부탁했습니다.

그러나 크리스티안은

머리카락을 자르지 않았습니다.

그렇게 2년이 흘렀습니다.

8살이 된 크리스티안은

드디어 머리카락을 잘랐습니다.

그리고 30cm 정도 되는 머리카락을 가지고

병원으로 향했습니다.

소아암 환자들을 위해

자신의 머리카락을 기증한 것입니다.

그 누구도 아이에게 권하지 않았습니다.

2년 전, 우연히 공익 광고를 보고

스스로 결정했다고 합니다.

친구들의 놀림도,

선생님의 지적도 두렵지 않았습니다.

크리스티안은 스스로 옳다고 믿었고,

확신이 있었습니다.

자신의 행동이 누군가에게

행복을 줄 수 있을 거라는 믿음이

용기를 준 것입니다.

두려움은

내 행동에 대한 확신이 없을 때 생겨납니다.

옳다고 믿는 일에는 두려움이 없습니다.

다만 옳고 그름을 판단하기엔

세상에는 다양한 가치관이 존재하고 있습니다.

그럴 때,

우리가 선택할 최고의 가치는 사랑이 아닐까요?

사랑을 위해 움직이는 행동에는

두려울 것이 없습니다.

눈앞에
스쳐 지나가는 모습은
아주 일부분에 불과합니다.

워렌 하딩의 오류 (Warren Harding Error)

베스트셀러 작가

말콤 글래드웰은 자신의 저서에서

'워렌 하딩의 오류'를 소개하고 있습니다.

워렌 하딩은 미국의 제29대 대통령입니다.

그는 부유한 아내의 도움으로

상원의원이 되었고,

특별한 업적도 없이 대통령 후보에 올랐습니다.

출중한 외모와 뛰어난 언변으로

유권자를 사로잡았고,

높은 지지율로 당선되었습니다.

그러나 이는 미국 정치사의

재앙이 되고 말았습니다.

잘못된 인사와 측근들의 비리는

시작에 불과했습니다.

우유부단한 정책 결정으로

미국 경제는 혼란에 빠져들었고

대공황의 원인을 제공하고 말았습니다.

안타깝게도 그는 임기 2년 만에

심장마비로 숨을 거두었습니다.

그러나 그의 개인 비리와 부도덕한 언행이

드러나면서 안타까워하던 국민들까지

등을 돌리고 말았습니다.

그리고 지금은 역대 대통령 평가에서

최하위를 기록하고 있습니다.

이처럼 겉모습만으로 사람을 판단할 때

발생하는 문제를

'워렌 하딩의 오류'라고 말합니다.

시간이 흘러도 '워렌 하딩의 오류'는

계속되고 있습니다.

많은 사람들이 멋진 광고의 상품,

화려한 인기인의 모습에 열광하고

외모를 가꾸는 데

많은 시간과 돈을 투자하고 있습니다.

반면에 볼품없고, 가진 것 없는 이들은

외면당하거나 비웃음을 사게 됩니다.

알고 보면 멋진 생각과

아름다운 마음을 가지고 있는데도 말입니다.

눈앞에 스쳐 지나가는 모습은

아주 일부분에 불과합니다.

진실한 모습은 마음으로 보아야 알 수 있으며,

마음의 눈은 손을 잡고 이야기를 나눌 때

비로소 열릴 수 있습니다.

남들과 생각이나 모습이
다르다고 부끄러워할 필요는
없습니다.

음펨바 효과

물리학 전공의 데니스 오스본 박사는

아프리카의 한 고등학교에서

강연을 하고 있었습니다.

강연이 끝난 후

학생들의 질문을 받는 시간이었습니다.

학생 한 명이 일어나 다음과 같이 물었습니다.

"같은 부피의 미지근한 물과 끓는 물을

냉동실에 넣었더니 끓는 물이

더 빨리 얼었습니다. 왜 그렇습니까?"

그러자 강당 안에 있던 다른 친구들이

모두 웃었습니다.

말도 안 되는 질문이라 여긴 것입니다.

오스본 박사도 학생의 질문에 당황했습니다.

그러나 연구실로 돌아와

호기심에 해 본 실험에서

깜짝 놀랄만한 결과가 나왔습니다.

학생의 말대로 끓는 물이 미지근한 물보다

더 빨리 얼었습니다.

이후 박사는 학생을 불러와 함께 연구하여

실험을 발표했고,

이 현상은 학생의 이름을 붙여

음펨바 효과라고 불리게 되었습니다.

아직도 우리의 상상을 벗어나는 현상들이

지구상에 널려있습니다.

매사 당연하게 여기지 않는 자세와

호기심 어린 눈,

그리고 기발한 상상력으로 세상을 바라본다면

생각보다 어렵지 않게 발견되는

현상들도 많습니다.

남들과 생각이나 모습이 다르다고

부끄러워할 필요는 없습니다.

이는 특별하다는 의미이며

누구도 하지 못한 일을

할 수 있다는 가능성의 상징이기도 합니다.

일생에 가장 기억에 남는
음식은 무엇인가요?

후라이드 치킨의 기원

바삭하게 튀긴 치킨은

흑인 노예들의 음식이었습니다.

주인이 기름을 뺀 닭가슴살 요리를 먹고 나면

남겨진 뼈가 많은 부위를 모아 기름에 튀겨

뼈 채로 씹어 먹을 수 있게 요리한 것입니다.

이렇게 요리한 닭튀김은

고된 노동에 필요한 체력을

유지 시켜주는 음식이 되었습니다.

일본에서는 곱창을 '호루몬'이라고 부릅니다.

115

호루몬은

버려진 물건이라는 의미를 담고 있습니다.

일제 강점기 일본으로 끌려간 한인들이

먹을 것이 없어 일본인들이 버린 쓰레기 더미에서

곱창을 주어 와 요리해 먹었다는

의미가 담긴 음식입니다.

과거에는 생존을 위해

힘겹게 만들어 먹었던 음식들이

지금은 남녀노소 누구에게나

사랑받는 음식이 되었습니다.

일생에 가장 기억에 남는 음식은 무엇인가요?

고급 레스토랑에서 먹었던 음식보다

군대에서 훈련 중에 먹었던 라면,

학창 시절 쉬는 시간에 먹었던 크림빵,

과거 시집살이로 지친

우리 어머니들이 부엌 한편에서 드시던

누룽지가 생각나진 않나요?

내 인생 최고의 맛은

힘겨운 하루를 이겨내고

함께하는 이들과 음식을 감사히 여길 때

비로소 느낄 수 있지 않을까 생각해봅니다.

내 능력, 내 성격,
어느 것 하나 나 혼자서
만들어낸 것은 없습니다.

링컨의 아버지

가난한 구두 수선공이었던 링컨의 아버지는

종종 무능한 가장으로 표현되기도 합니다.

링컨이 태어났던 켄터키의 목장이

소송에 휘말렸지만 글을 읽을 줄 몰랐던

그의 아버지는 변변한 대처를 하지 못하고

모두 빼앗기고 말았습니다.

삶의 터전을 잃고 인디애나로 이주했지만,

링컨의 어머니는 2년 만에 병으로

가족의 곁을 떠났고,

살림살이는 더욱 어려워졌습니다.

다행히 링컨의 새어머니는

조용한 성격의 링컨을 잘 이해해 주었습니다.

그리고 책 읽기를 좋아하는 링컨을 위해

배려를 아끼지 않았습니다.

많은 사람들이 링컨의 훌륭한 업적은

어머니의 사랑 때문이라고 말합니다.

반면에 아들이 도시로 나가는 것을

반대했던 아버지는

링컨의 인생을 이야기할 때 소외되곤 합니다.

그러나 링컨의 아버지는

특별한 재능이 있었습니다.

한 번 들은 이야기는 절대 잊어버리지 않았으며,

이야기를 재밌게 하는 능력이 있어서

사람들을 즐겁게 해 주었습니다.

조용한 독서광이었던 링컨이

미국에서 가장 유명한 연설을 할 수 있었던

까닭에는 아버지의 재능이 아들에게도

영감을 주었기 때문입니다.

내 능력, 내 성격, 어느 것 하나

나 혼자서 만들어낸 것은 없습니다.

부모님이 주신 영혼의 밭에

사랑과 관심만 충분하다면

누구나 가치 있는 인생을 살아갈 수 있습니다.

진정한 나눔은
마음에서 시작됩니다.

그린치는 어떻게 크리스마스를 훔쳤을까?

미국의 동화 작가 닥터 수스는 1957년에

크리스마스를 배경으로 하는

동화 한 편을 발표했습니다.

동화에 등장하는 주인공 그린치는

초록색 괴물로 남들과 다른 외모로 인해

사람들의 미움을 받게 되었고,

마을에서 떨어진 동굴에서 혼자 살았습니다.

마을 사람들은 1년 중 가장 큰 축제인

크리스마스를 앞두고

서로에게 줄 선물을 준비하느라

바쁜 하루를 보내고 있었습니다.

심술궂은 그린치는 크리스마스 전날 밤,

마을 사람들이 준비한 선물을

모두 훔쳐 갔습니다.

선물을 모두 잃은 마을 사람들은

슬픈 얼굴로 광장에 모였습니다.

그러나 그 순간,

선물에 집착한 나머지 그동안 보지 못했던

가족의 모습을 바라보게 되었습니다.

그리고 선물보다 더 중요한 것이 무엇인가를

깨닫게 되었습니다.

그리곤 그동안 외모 때문에 상처받았던

그린치에게 마을 사람들이 용서를 구하며

이야기는 끝을 맺습니다.

작가 닥터 수스는 짧은 동화 이야기에

진정한 크리스마스의 의미를 담고자 했습니다.

1950년대 미국은

여전히 인종차별이 계속되었고,

빈부격차도 심했습니다.

작가는 크리스마스가 휘황찬란한 불빛 아래에서

상업적으로 변하고 값비싼 선물에 주목하는

현실을 꼬집었습니다.

동화는 공전의 히트를 기록하며

베스트셀러가 되었습니다.

진정한 나눔은 마음에서 시작됩니다.

진심 어린 마음으로 다가가 손을 잡는 것만큼

소중한 선물이 있을까요?

물질로 사랑을 대신할 수는 없습니다.

따뜻한 마음은 마주 잡은 손과

다정한 눈빛으로 느낄 수 있습니다.

어느 곳에서든
자신의 인격을 잃지 않으려
노력해야 할 것입니다.

유비쿼터스 (Ubiquitous)

'유비쿼터스'라는 단어는 1988년,

미국의 사무기기 제조회사의 연구원이었던

'마크 와이저'가 '유비쿼터스 컴퓨팅'이란

용어를 사용하면서 처음으로 사용되었습니다.

'유비쿼터스'는 '언제 어디서나 존재한다.'라는

의미의 라틴어에서 유래된 말입니다.

물과 공기처럼 언제 어디서나 존재하는

자연 상태를 의미하는 단어입니다.

문자 그대로 '유비쿼터스 컴퓨팅'은

언제 어디서나 정보와 콘텐츠를

사용할 수 있는 환경을 말합니다.

실제로 우리는 물과 공기처럼

무선 네트워크라는 새로운 시스템을 통해

언제 어디서나 존재할 수 있는

놀라운 생활환경을 누리고 있습니다.

우리는 스마트폰을 이용해

언제 어디서나 정보를 얻을 수 있고,

각종 무선 기기들을 통해

집이나 사무실의 장비들을 마음대로

조종할 수 있는 시대에 살고 있습니다.

외국에 있는 친구들과 한 자리에 있는 것처럼

이야기를 나눌 수 있고,

다양한 자료들을 서로 주고받을 수도 있습니다.

그러나 그 이면에는

보이지 않는 문제점들이 존재합니다.

상대방이 눈에 보이지 않는다고

막말과 욕설이 난무하고,

거짓말도 쉽게 하며,

다른 사람의 자료나 정보를

내 마음대로 사용합니다.

유비쿼터스 시대에

우리가 진정으로 인간답게 사는 방법은

어느 곳에서든지

자신의 인격을 잃지 않으려는 노력에 있습니다.

예절을 지켜 대화하고,

다른 사람의 생각 하나도

가볍게 여기지 않는 문화가

네트워크를 통해 우리의 삶 속에

퍼져나갈 수 있기를 기대합니다.

우리 삶을
더욱 가치 있게 하는 것은
승리가 아닌 도전입니다.

안타까운 동메달

1964년 도쿄 올림픽에서

일본의 마라토너 '쓰부라야 고키치'가

동메달을 획득했습니다.

좋은 성적이었지만

그에게 금메달을 기대한

일본인들의 아쉬움은 컸습니다.

결승선 앞에서 극적으로 추월당해

은메달을 놓쳤다는 이유로

그의 수상 소감은

대국민 사과 인터뷰가 되고 말았습니다.

그는 경기 다음 날부터

다음 올림픽을 위한 훈련을 시작했습니다.

그러나 올림픽을 1년 앞두고

부상으로 병원에 입원했습니다.

퇴원했지만,

그는 이미 몸과 마음이 지친 상태였고,

올림픽을 9개월 앞둔 어느 날

스스로 생을 마감했습니다.

그가 남긴 유서에는 이렇게 적혀 있었습니다.

'나는 지쳤습니다.

이제 더 이상 달리고 싶지 않습니다.'

4년마다 올림픽이 열리면

전 세계가 열광합니다.

수만 명의 전 세계 선수들이 참여하는

올림픽 경기에서

누구 하나 땀 흘리지 않고

경기에 나서는 선수는 없습니다.

그럼에도 불구하고

메달을 하나도 따지 못하는 나라가 절반이 넘고,

90%의 선수들은 시상대에 서보지도 못한 채

집으로 돌아갑니다.

우리 삶을 더욱 가치 있게 하는 것은

승리가 아닌 도전입니다.

그렇기에 올림픽에 출전하는 선수 모두는

박수받을 자격이 충분합니다.

인생의 레이스를 힘차게 달리는

우리 이웃과 가족들처럼 말입니다.

포기하지 않고 최선을 다하는 이들에게

감사와 희망의 박수를 보냅니다.

오랜 세월을 통해 체험한
삶의 지혜를 사랑을 담아
가르치는 할아버지,
할머니의 자리를 대신할
사람은 없습니다.

격대교육(隔代敎育)

조선 전기의 학자 '이문건'은

정쟁에 휘말려 유배를 떠났습니다.

고된 유배 생활이었지만

그에게는 너무나 귀한 손자가 하나 있었습니다.

그는 병으로 일찍 세상을 떠난

아들을 대신해 손자를 길렀습니다.

매일매일 육아일기를 기록하면서

정성을 다해 키웠습니다.

'양아록'이라 불린 그 일기의 절반은

손자의 질병에 대한 기록이었고,

음주에 빠진 손자를 걱정하는 마음과

할아버지의 체벌로 상처받은 손자에 대한

미안한 심정도 상세히 기록되어 있었습니다.

훗날 이문건의 손자는

임진왜란 때 의병장으로 활약했으며,

조정에서 상을 내리려 하자,

당연히 해야 할 일을 한 것이라며 사양했습니다.

이처럼 할아버지가 손자를 키우는 것을

'격대교육'이라 부릅니다.

조선 초기 사대부들은

'격대교육'이 부모의 과도한 욕심을 피하고,

지혜와 경륜을 갖춘 할아버지의 가르침으로

세상을 보는 시야를 넓혀준다고 믿었습니다.

실제로 손자들은 할아버지 곁에서

손님들의 세상 이야기를 함께 들으며

견문을 넓혔으며 할아버지의 사랑으로

마음의 여유를 찾기도 했습니다.

최근에는 외국의 사례를 들어

'격대교육'이 새롭게 관심받고 있습니다.

미국의 오바마 대통령이나 빌 게이츠가

'격대교육'을 통해

훌륭한 인격을 갖추었다는 것입니다.

빠르게 발전하는 현대사회에서

지식과 정보를 배울 수 있는 곳은 많습니다.

그러나 오랜 세월을 통해 체험한 삶의 지혜를

사랑을 담아 가르치는

할아버지, 할머니의 자리를

대신할 사람은 없습니다.

아이의 인생에서

그분들과 함께할 수 있는 시간은 매우 짧습니다.

함께하는 시간을 소중히 여기시길 바랍니다.

이해와 양보는
패배가 아니라
가장 성숙한 단계의
승리입니다.

치킨 게임

제임스 딘의 영화

<이유 없는 반항>에 등장하는 장면입니다.

주인공과 불량배 두목이

각각 차를 타고 절벽을 향해 질주하다가

먼저 멈추거나 핸들을 돌리는 사람이

패배자가 되는 대결을 벌입니다.

무모한 것 같은 대결이지만

영화의 한 장면인 이 대결은

1950년대 미국의 젊은이들 사이에서

유행처럼 퍼졌습니다.

'치킨 게임'이라 불린 이 대결은

먼저 핸들을 돌리는

겁쟁이를 가리는 경기입니다.

자칫 두 사람이 모두 고집을 피운다면

모두 죽음에 이를 수 있는 끔찍한 게임입니다.

이후에는 사회 전반에 일어나는

무모한 대결을 언급하는 용어로

사용되고 있습니다.

과거 미국과 소련의 군비 경쟁부터

최근 기업 간의 가격 경쟁,

그리고 권력을 향한

정치세력 간의 대립에 비유되기도 합니다.

그러나 치킨게임은

보기보다 우리 가까이에서 벌어지고 있습니다.

부모와 자녀 사이에서도,

형제나 부부 사이에서, 친구 사이에서도

서로의 자존심 때문에

모두가 상처받는 상황을 맞이합니다.

양보는 없고, 남 탓만 있으며,

상대방에게 상처를 주기 위해

내가 받을 상처까지 계산하지 못합니다.

생각보다 많은 사람이

무모한 대결 속에서 살아가고 있습니다.

세상을 행복하게 살아가는 방식은

'이해'와 '양보'입니다.

이해와 양보는 패배가 아니라

가장 성숙한 단계의 승리입니다.

매일매일 사랑으로

승리하는 삶이 되었으면 하는 바람입니다.

아빠와 아들은
모두 행복했습니다.

이천 원짜리 넥타이

초등학생 아들이

아빠 생일이라고 넥타이를 선물했습니다.

동네에 있는 천원, 이천 원짜리

물건들을 파는 상점에서 샀다고 합니다.

그래서인지 넥타이 한가운데에는

이천 원이라는 것을 알려주는

스티커가 덩그러니 붙어 있었습니다.

진한 보라색의 넥타이는

실밥이 곳곳에 터져있었지만

그래도 이천 원짜리 넥타이치고는

제법 멋진 디자인을 하고 있었습니다.

"이야, 이거 멋진데?

아빠가 이번 주일에 교회 갈 때 매고 가야겠다."

무심코 내뱉은 말에

아들 녀석은 기분이 좋아 보였습니다.

며칠이 지나고

온 가족이 함께 교회에 가기 위해

분주한 일요일 아침을 보내고 있을 때였습니다.

면도를 하고 있는데 욕실 밖에서

아들의 목소리가 들려왔습니다.

"오늘 아빠가 내가 사 드린 넥타이를 하시겠지?"

순간 가슴이 덜컥 내려앉는 기분이 들었습니다.

나는 그때 했던 말을 기억하지 못하고 있었고,

유난히 더운 날씨 탓에 가볍게 입으려고

생각했었기 때문입니다.

아들의 천진난만함 덕분에

약속을 지킬 수 있었습니다.

정장에 이천 원짜리

보라색 넥타이를 매고 교회에 갔고,

아들은 종일 아빠의 넥타이 얘기를

그칠 줄 몰랐습니다.

더위에 지친 하루였지만,

아빠와 아들은 모두 행복했습니다.

아마도 오늘 아들은 주는 것이

얼마나 행복한 일인가를 배우지 않았을까요?

그리고 아빠는 작은 사랑도 잊지 말아야 한다는

사실을 다시금 마음에 되새겼습니다.

사랑의 편지역
Love Letter Station

말은
내 이미지를
상대방의 마음속에
기억시키는
음성 메모리와 같습니다.

최고의 대화

뛰어난 연설가로 유명한

미국의 28대 대통령 '우드로 윌슨'은

강연에 대해 이런 말을 남겼습니다.

"1시간이 넘는 강연은

아무 시간도 필요하지 않다.

그러나 20분짜리 강연을 준비하려면

2시간 정도가 필요하고

5분짜리 강연을 준비하기 위해서는

하루를 꼬박 준비해야 한다."

짧은 시간에 하고자 하는

말의 의도를 전달하려면

그만큼 많은 공부와 연구가 필요하다는

이야기입니다.

대화를 나눌 때도 마찬가지입니다.

하고 싶은 말은 다 하려는 욕심이 넘치면

불필요한 대화로 이어집니다.

자칫 오해가 일어나고

오해는 갈등으로 이어지기도 하지요.

좋은 대화를 이어가려면

약간의 준비가 필요합니다.

상대방의 말에 귀를 기울이고

필요 없는 말은 줄이며

머릿속에 정리되어있는 말로

대화를 나누는 것입니다.

말은 내 이미지를

상대방의 마음속에 기억시키는

음성 메모리와 같습니다.

절제와 배려,

유쾌하고 유익한 대화가 이어질 때

더 많이 만나고 싶은 사람으로

남을 수 있습니다.

사랑은
오래 참는
것이라고도 하지요.

기다려 주기

승강장에서 열차가 지연된다는

방송을 듣게 되면

초조한 마음과 함께 피곤함이 밀려옵니다.

생각보다 기다리는 일은 쉽지 않은 것 같습니다.

사람과의 관계에서도 그렇습니다.

기다림이 필요한 순간이 있지만

참지 못해 어긋나는 관계도 있습니다.

자녀들에게 부모의 기다림은 필수입니다.

사랑이라는 이름으로 다그치기도 하지만

결국은 기다림이 답일 때가 많습니다.

스스로 자신의 선택에

책임을 지는 과정을 통해 성장하기 때문입니다.

믿고 기다려 주는 마음은 힘이 되기도 합니다.

실패하더라도 괜찮다는 응원에

용기를 얻습니다.

이 과정이 반복되면서 사랑은 믿음이 됩니다.

사랑은 오래 참는 것이라고도 하지요.

조금만 기다려 보면 어떨까요?

백 마디의 조언보다

더 큰 위로가 될지도 모릅니다.

조금씩
흘려보내는 기분으로
걸어보세요.

소요

철학자 칸트는

매일 같은 시간에 산책을 즐겼습니다.

그의 걷는 모습으로 시간을 맞출 정도였습니다.

아리스토텔레스 역시

걸음을 즐긴 철학자입니다.

그는 제자들과 걸으면서 토론을 나누었습니다.

이들을 소요학파라 불렀습니다.

소요(逍遙)는

슬슬 거닐며 돌아다닌다는 의미입니다.

걸음은 누구나 할 수 있는 편안한 운동입니다.

가벼운 호흡은 스트레스를 낮추고

느린 풍경의 변화는 마음을 안정시킵니다.

잡념을 떨치고 생각을 모으기에 좋습니다.

걸음엔 특별한 법칙이 없습니다.

원하는 속도에 맞춰

편안하게 발을 내밀면 됩니다.

떨쳐내고 싶은 걱정과 불안이 있나요?

걸음마다 조금씩 흘려보내는 기분으로

걸어보세요.

위대한 스승이 그랬던 것처럼 걸음은

어려운 문제를 단순하게 만들어 줄 수 있습니다.

자유의 현기증

현대인들이 많이 느끼는 감정 중 하나는
불안입니다.
길을 걷다가도, 가족을 떠올려도,
시험을 앞두거나
수많은 선택 앞에서 불안이 밀려옵니다.
정보가 많아질수록 불안에서
해소될 것 같지만 도리어 쏟아지는 정보는
또 다른 불안을 만듭니다.
키르케고르는

불안을 자유의 현기증이라 말합니다.

자유롭게 선택할 수 있는 인간이기에

느끼는 자연스러운 감정이라고 설명합니다.

자유롭고 가능성이 풍부한 존재일수록

불안에서 벗어나기 어렵다고도 합니다.

철학자의 말대로라면

끊임없이 선택해야 하는 현대인들에게

불안은 필수품일지도 모릅니다.

벗어나기 어렵다면

차라리 친해지는 건 어떨까요?

불안 또한 내 모습의 일부라 받아들이면서

여유로운 미소로 흔들리는 마음을 달래보세요.

행복은 불안이 전혀 없는 상태가 아닙니다.

밀려오는 불안 속에서도 용기를 잃지 않고

자신을 사랑할 때 만나는 특별한 선물입니다.

지루하지만
봄은 반드시 옵니다.

언 땅

군 시절,

한겨울이 되면 혹한기 훈련을 받았습니다.

추위를 견디며 야외에서 숙영하는 훈련인데

시간이 제법 흘렀음에도 잊을 수 없는 건

추위가 아닌 단단하게 얼어붙은 땅입니다.

영하의 추위에 얼어붙은 땅은

바위처럼 느껴졌습니다.

텐트 하나를 치는데

반나절은 걸렸던 것 같습니다.

같은 자리가 여름이면 울창한 숲이 된다는

선임의 말은 거짓말처럼 들렸습니다.

언 땅은 쉽게 녹지 않습니다.

땅은 느리게 다가오는 따스함으로

부드러워집니다.

입춘을 지나 경칩이 되면 땅은

호흡하듯 새 생명을 품습니다.

사람의 마음도 그런 것 같습니다.

얼어붙은 마음은

풀어내기까지 시간이 걸립니다.

따스함과 기다림, 이 모든 것이 필요합니다.

지루하지만 봄은 반드시 옵니다.

녹아내린 땅처럼 사람과 사람의 마음에도

푸근한 열매를 맺을 수 있습니다.

따스함과 기다림의 힘입니다.

사랑은
어둠을 뚫고 나오는
일출의 감동 같습니다.

일출

일출은 하루의 시작을 알리는 자연 현상입니다.

일출은 아름답습니다.

그 모습을 보고 싶어 새벽을 가르며

산에 오르기도 합니다.

수평선 위로 어둠을 뚫고 올라오는 태양은

자신의 색과 분명한 모습을 보여줍니다.

눈으로 볼 수 있기에 느낄 수 있는 감동입니다.

일출은 지구의 자전을 통해 반대편에 숨어 있던

태양이 조금씩 모습을 드러내는 과정입니다.

시간이 흐르고 태양이 머리 위에 자리하면

그 밝기와 눈부심으로 바라보기 어렵습니다.

태양이 나에게 다가올수록

그 모습을 보기 힘듭니다.

무작정 다가간다고

더 잘 알 수 있는 것은 아닙니다.

때론 한 걸음 떨어져서 주변의 모습까지 살필 때

진실한 모습과 생각에 다가갈 수 있습니다.

사랑은 어둠을 뚫고 나오는

일출의 감동 같습니다.

아주 잠깐이지만

진실한 모습에 감격한 뒤에는

눈부심과 어둠이 막아서도

그 존재를 굳게 믿습니다.

이제 변함없이 사랑할 수 있다면 당신 또한

누군가에게 태양 같은 존재로 남을 수 있습니다.

멋진 인생은
슬픔이 없는 삶이 아닙니다.

슬픔에 대하여

나이를 먹을수록

슬픔에 익숙해지는 기분이 듭니다.

기쁜 일이 생겨도 마음에 머무르는

시간은 점점 더 짧아지는 것 같습니다.

반대로 슬픈 일은

좀처럼 마음을 떠나지 않습니다.

남들과 다르지 않은 슬픔인데 왜 나의 슬픔은

유독 떨쳐내기 어려운 기분이 들까요?

영국의 시인 새뮤엘 존슨은

슬픔에 대해 이렇게 말했습니다.

'슬픔이 생생한데 회피하면 더 악화될 뿐이다.
슬픔이 온전히 소화될 때까지 기다려야 한다.
그래야 남은 슬픔을 즐거움으로 바꿀 수 있다.'

우리는 습관적으로 슬픔을 피하고 싶어 합니다.
하지만
슬픔이란 누구나 경험해야 하는 일입니다.
슬픔을 지혜롭게 떨쳐내는 방법은
나에게 찾아온 슬픔을 받아들이고
응답하는 것입니다.
제대로 슬픔을 흘려보내고 나면
더 큰 슬픔이 오더라도
두려움 없이 의연하게 맞설 수 있습니다.
멋진 인생은 슬픔이 없는 삶이 아닙니다.
밀려오는 슬픔을 넘어
자신의 진짜 모습을 찾아가는 삶입니다.

불안과 좌절도
인생의 평범한 과정이라
생각하면 어떨까요?

스티브 블레스

스티브 블레스는

피츠버그를 우승시킨 명투수였습니다.

그러나 1973년 갑자기 스트라이크를 던지지

못하게 되자 마운드에서 내려오게 되었습니다.

다양한 방법으로 실력을 되찾으려 노력했지만

기량을 회복하지 못한 채 1년 후 은퇴했습니다.

이후 투수가 갑자기 스트라이크를

던지지 못하는 증상을 스티브 블레스 증후군

이라고 부르게 되었습니다.

브리티시 스포츠 저널에 따르면

스포츠 선수들도 일반인과 비슷한 비율로

불안장애를 겪고 있다고 합니다.

인생이나 스포츠나 매 순간 도전과 긴장의

연속이기에 그런 마음이 생기나 봅니다.

잘하려는 마음이

도리어 결과를 망치는 경우도 그렇겠지요.

불안과 좌절도 인생의 평범한 과정이라

생각하면 어떨까요?

스티브 블레스는 은퇴 후 40년이 넘어

피츠버그 구단 명예의 전당에 헌액되었습니다.

그리고 자신의 야구 인생이

성공적이었다고 고백합니다.

불안과 좌절 뒤에도 인생은 끝나지 않습니다.

실패가 부끄럽지 않을 때

승리는 한 걸음 다가올 것입니다.

언제든지 우리는
가능성의 문을
열 수 있습니다.

모지스 할머니 (Grandma Moses)

농부의 아내로 살았던

안나 마리 모지스는

열 명의 자녀 중 다섯을 잃는

아픔을 겪었습니다.

남편마저 여의고 바느질로 수를 놓으며

노년을 보내던 그녀에게

불행은 다시 찾아왔습니다.

관절염으로 바느질마저 내려놓아야 했습니다.

그러자 그녀는 바늘 대신 붓을 들었습니다.

그리운 자녀들과 남편을 생각하며

고향의 따뜻한 풍경과

가족의 훈훈한 모습을 그림으로 남겼습니다.

순수함이 담긴 그녀의 그림은

많은 사랑을 받았습니다.

80세를 맞아

그녀의 첫 번째 전시회가 열렸습니다.

작품은 완판되었고 '그랜마 모지스'라는

애칭을 얻으며 미국에서 가장 사랑받는

화가 할머니가 되었습니다.

새로운 행복을 찾은 그녀는 101세의 나이로

세상을 떠나기 전까지

작품 활동을 멈추지 않았습니다.

도저히 할 수 없는 일이라면

시선을 돌려도 좋습니다.

도망치는 것이 아니라

새로운 나를 찾는 일이니까요.

할 수 있는 나머지에 집중한다면

언제든지 우리는 가능성의 문을 열 수 있습니다.

최선을 다한 모습을
사랑할 수 있다면
나아가지 않더라도
괜찮지 않을까요?

붉은 여왕 효과

루이스 캐럴의 동화 『거울 나라의 앨리스』에는

붉은 여왕이 사는 나라가 등장합니다.

이곳에서는 걸을 때마다

세상이 같이 움직이기 때문에

아무리 걸어도

제자리를 벗어나기가 어렵습니다.

앨리스는 붉은 여왕의 손을 잡고 달려보지만

아무리 뛰어도 앞으로 나아가지 못합니다.

이상하게 여긴 앨리스에게 여왕은

이렇게 말합니다.

"같은 자리에 있고 싶다면 계속 달릴 수밖에 없
어. 다른 곳으로 가고 싶다면 두 배는 더 빨리 뛰
어야 해."

동화의 이야기는
현대사회를 표현하는 용어가 되었습니다.
치열한 경쟁 사회에서는 아무리 노력해도
제자리에 머물러 있는 것 같은 기분이 듭니다.
붉은 여왕 효과는
경쟁에 놓인 모두에게 적용되는 현상입니다.
노력한 만큼 결과를 얻기가 어렵다는 말입니다.
그래도 최선을 다한 모습을 사랑할 수 있다면
나아가지 않더라도 괜찮지 않을까요?
경쟁보다 위로가, 낙심보다 희망이
서로의 모습 속에서 빛나기를 기대합니다.

아주 작은 감동에도
따뜻한 마음으로
박수를 보내 주세요.

커튼콜 (Curtain Call)

찰스 디킨스의 소설 『니콜라스 니클비』에는

공연을 관람한 관객이 막이 내린 후

배우를 다시 불렀다는 표현이 있습니다.

커튼콜(Curtain Call)이라 불리는 이 장면은

19세기 이전부터 여러 장르의 무대에서

행해졌습니다.

공연에 감동한 관객은 막이 내린 뒤에도

자리를 빠져나가지 않고

환호와 박수를 보냅니다.

배우는 커튼이 내려온 무대 앞으로 나와

인사를 나눕니다.

커튼콜은 연극, 뮤지컬, 연주회의

마지막을 장식하는

하나의 공연 문화로

지금까지 이어지고 있습니다.

셰익스피어는

인생을 연극의 무대로 비유하곤 했습니다.

인생의 무대는 모두

저마다의 이야기가 있습니다.

힘겨운 삶의 이야기는 더 큰 감동이 있습니다.

하지만 인생에는 커튼콜이 없습니다.

인생의 무대를 마친 뒤에는

감동을 전할 수 없습니다.

그래서 우리는

언제든 서로를 응원해 주어야 합니다.

아주 작은 감동에도

따뜻한 마음으로 박수를 보내 주세요.

인생의 무대는

서로를 향한 따뜻한 시선으로 밝게 빛납니다.

꿈을 향해 나아가는
당신의 용기에
박수를 보냅니다.

친구

30년 넘게 알고 지낸 친구들과

오랜만에 만났습니다.

한 친구가 지천명을 앞두고

새로운 도전을 하겠다고 선언합니다.

마음속에서는

걱정과 불안이 가장 먼저 떠올랐습니다.

이 나이쯤 되면 새로운 도전을 하고 싶어도

좀처럼 용기가 생기질 않습니다.

친구의 새로운 도전을 막아설 용기는

더더욱 없었습니다.

그래서일까요?

내게 없는 용기를 가진 친구가 부러웠습니다.

친구는 나이 어린 친구들 사이에서

열심히 배우고 배운 내용을 사진으로 찍어서

단톡방에 올립니다.

처음에는 어설픈 작품들이 이어졌지만

한두 달 지나면서

제법 프로다운 모습이 느껴졌습니다.

염려는 기대로 변했고

친구의 도전은 모두의 도전이 되었습니다.

'친구'

오래 두고 사귄 벗이라 말하지요.

저에게 친구는

함께 꿈을 나누는 사람이라 생각합니다.

꿈을 향해 나아가는 당신의 용기에

박수를 보냅니다.

부디 지치지 않기를

친구의 마음으로 응원합니다.

긍정적인 시선으로 바라보고
자주 표현하면 됩니다.

칭찬

칭찬에는 이유가 있어야 한다고 생각합니다.

누구나 무언가 잘해야 할 수 있다고 생각합니다.

그러나 칭찬은 상대적 반응입니다.

1등을 하던 친구가 2등을 하면 위로받지만

꼴등을 하다가 꼴등을 벗어나면

칭찬받을 수 있습니다.

칭찬은 절대적 조건이 필요하지 않습니다.

누구나 칭찬의 대상이 될 수 있습니다.

다만, 과도한 칭찬은 아첨이 될 수도 있습니다.

그래서 칭찬은 위에서 아래로 흐를 때

효과가 좋습니다.

부하직원에게, 젊은 청년들에게, 자녀들에게

저마다의 장점을 크게 보고 표현하면

감동은 더 크고 성장하는 데 도움이 됩니다.

칭찬은 생각보다 어렵지 않습니다.

긍정적인 시선으로 바라보고

자주 표현하면 됩니다.

칭찬보다 비난이 더 쉬운 세상이라 하지요.

그렇기에 누군가를 칭찬하는

당신은 참 멋있는 사람입니다.

우리는 모두
가능성을 지니고
태어났습니다.

프렌치토스트

프렌치토스트는

식빵을 우유와 계란에 적셔 구운 음식입니다.

프렌치토스트의 어원 '팽 페르뒤'는

프랑스어로 잊힌 빵을 의미합니다.

지금은 사랑받는 브런치가 되었지만

당시에는 오래되어 딱딱하게 굳은 빵을

부드럽게 먹기 위해 조리된 음식이었습니다.

버려지기 직전의 음식이 시간이 흐르고

사람들의 손을 거치면서

멋진 요리가 되었습니다.

이처럼 가난한 시절에 즐겨 먹던 음식이

시간이 흐르고 나면 쏘울 푸드가 되기도 합니다.

사람도 그렇습니다.

별것 없는 인생도 누군가의 손길을 통해

새로운 양념을 만나고

특별한 조리의 과정을 거치면

특별하고 멋있는 사람으로

다시 태어날 수 있습니다.

우리는 모두 가능성을 지니고 태어났습니다.

볼품없고 부족하다고 해서

버려져야 하는 존재는 없습니다.

오랜 시간 고난을 이겨내고

뜨겁게 사랑받다 보면

언젠가는 놀랄 만큼

향기로운 존재가 될 수 있습니다.

섣불리 실패했다고 단정하지 마십시오.

숙성의 시간이 필요할 뿐

최고의 순간은 천천히 다가오고 있습니다.

생각이 귀찮아졌을 뿐
인지능력이 떨어진 것은
아닙니다.

언제나 청춘

독일의 하이델베르크대학 연구소에서

100만 명 이상을 대상으로 조사한 결과

인간의 뇌는 60세까지 정보 처리능력이

떨어지지 않는다는 논문을 발표했습니다.

운동 능력이 떨어져 반응 속도가 느려질 뿐

뇌의 인지능력은

생각보다 노화가 느리다는 연구 결과입니다.

생계를 위해 노동력을 쏟아 부어야 하는

나이가 되면 자연스럽게 새로운 생각을

만들기가 귀찮아집니다.

나이가 들수록

머리가 돌아가지 않는 것 같습니다.

생각하는 자체가 피곤하고 골치가 아픕니다.

그런 생각이 드는 건 자연스러운 현상입니다.

결혼하고, 아이를 낳고,

책임 있는 자리에 오르게 되면

여러 가지 걱정거리들이 산더미처럼 쌓여가고

당연히 생각이 귀찮아질 수밖에 없습니다.

생각이 귀찮아졌을 뿐

인지능력이 떨어진 것은 아닙니다.

청춘의 기억을 되살려

다시 배우는 자세로 도전한다면

60대가 되어서도 청춘처럼 공부할 수 있습니다.

60대가 넘어서도 괜찮습니다.

그때는 다시 복습하는 마음으로

살아가면 되니까요.

괜찮다고
눈감아주는 마음은
너그러운 이해입니다.

화백의 관용

한 어린이가 미술관에서 장난을 치다가

1억 원 가치의 작품을 훼손했습니다.

미술관 측은 어린이의 부모에게 항의했고

부모는 인지하지 못한 부분에 대해 사과했습니다.

이야기를 전해 들은 작품의 작가는

뜻밖의 반응을 보였습니다.

아이들은 그럴 수 있는 것이라며

문제 삼지 말라고 전했습니다.

이 이야기가 언론을 통해 전해지자

다양한 의견이 쏟아져 나왔습니다.

작가의 관용을 칭찬하는 의견이 많았지만

아이의 부모에게 책임을 물어야

사고를 예방할 수 있다는 사람들도 많았습니다.

모두 맞는 이야기입니다.

세상에는 관용도 필요하지만

적절한 보상과 책임이 반드시 따라야 합니다.

관용은 눈에 보이지 않습니다.

괜찮다고 눈감아주는 마음은 너그러운 이해입니다.

적절한 보상과 책임 역시

눈에 보이는 물질만이 중요한 건 아닙니다.

앞으로 그러한 행동을 하면 안 된다는 결심과

나 또한 미숙한 이들에게 너그러워야겠다는

공감으로 이어지면 더욱 좋습니다.

작가의 관용이 참 감사하게 느껴졌습니다.

그 마음이 훼손되지 않도록 어린아이가

책임감 있는 멋진 어른으로

성장했으면 좋겠습니다.

마음이 느끼는 온도를
맞추어 보면 어떨까요?

적정 온도

날씨가 점점 더워지면 창문을 열고

시원한 바람을 맞이합니다.

무더위가 기승을 부리면 창문을 닫고

에어컨을 켜야 합니다.

혼자 있다면 괜찮지만,

누군가 함께 있다면 문제가 생깁니다.

사람마다 더위와 추위를 느끼는

적정 온도가 다르기 때문입니다.

한여름이 되면 지하철 기관사나 카페 종업원은

실내 온도를 올려달라거나 내려달라는 요청을

하루에도 수십 번 듣는다고 합니다.

누구의 잘못도 아닙니다.

온도에 민감한 몸을 탓할 수만 없습니다.

추위를 잘 느끼는 사람은

추위에 강한 사람을 이해하기 어렵습니다.

반대로 더위를 잘 타는 사람은

더위에 강한 사람이 무섭습니다.

그래서 공공기관에 따라

실내 적정 온도를 정하고 있습니다.

사회적 합의에 의한 온도라지만

사람마다 느끼는 적정 온도는 모두 다 다릅니다.

신체가 느끼는 온도는 맞추기 어렵다면

마음이 느끼는 온도를 맞추어 보면 어떨까요?

가볍게 걸칠 수 있는 옷을 준비해 봅니다.

혹은 부채를 항상 준비하는 것도 좋습니다.

배려의 마음이 사람마다 느끼는 온도의 차이를

채울 수 있지 않을까 기대해 봅니다.

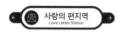

건전한 욕망은
세상을 움직이는
힘이 됩니다.

당신의 욕망은 소중합니다

간편식을 즐기는 사람이 있는가 하면
요리에 진심인 사람도 있습니다.
시간과 정성을 들여
음식을 만들기도 하고
대충 만들어 먹고
다른 즐거움을 찾는 사람이 있지요.
사람은 저마다 하고 싶은 욕망이 다르고
의욕이 넘치게 하는 요소도 다릅니다.
가족이나 친구처럼 가까운 사람들을 위해

나의 에너지를 쏟을 수 있으면 참 좋습니다.

이타적인 욕망은 세상을 아름답게 만듭니다.

그러나 지극히 개인적인

나만을 위한 욕망이라도 괜찮습니다.

남에게 피해를 주지 않는 한

나를 위해 쓰는 시간과 비용은

경제적으로도 사회적으로도

마이너스가 되지는 않습니다.

도리어 아무런 욕망이 없는

그 무엇도 하고 싶지 않은 상태가

더 위험합니다.

이런 상태가 지속되면

스스로 고립을 자처하고

삶에 대한 의지마저 놓아버립니다.

건전한 욕망은 세상을 움직이는 힘이 됩니다.

선을 넘어설 때 문제가 될 뿐

적당한 욕망의 발화는

나에게도 내 이웃에게도 활력이 되고

삶을 풍요롭게 만듭니다.

아주 작은 것이라도

하고 싶은 무언가가 있다면 외면하지 마십시오.

당신의 욕망은 소중합니다.

살아 있음을 느끼고 감사하게 만드는

특별한 에너지입니다.

사랑으로 권력을 움직인다면
이보다 살기 좋은 나라는
없을 것 같습니다.

권력

흔히 권력을 이야기하면

국가나 대기업 같은 기관이 떠오릅니다.

그러나 권력은

태어나는 어린아이부터

연세 지긋한 어르신까지

모두 각자의 형태로 주어져 있습니다.

민주주의 국가에서 모든 성인은

한 표를 행사하는 권력이 있습니다.

그래서 선거를 민주주의의 꽃이라고도 하지요.

그렇게 선출된 대표가

국민의 뜻에 따라 정치를 하게 됩니다.

정치는 권력을 행사하는 행위입니다.

국민의 뜻에 따라 정치를 하면 평화롭지만

뜻에 반하여 정치를 하면

사회가 시끄러워집니다.

반발이 일어나고 갈등의 골이 깊어지죠.

권력은 국가와 개인 사이에만

존재하는 건 아닙니다.

개인과 개인 사이에도

보이지 않는 권력이 존재합니다.

회사 내에서도 가정 안에서도

권력은 작동합니다.

아버지로서 어머니로서

자녀에게 권력을 행사할 수 있습니다.

어떻게 권력을 행사하는가에 따라

가정의 분위기는 달라집니다.

방임하는 가정도 있고

엄격한 부모님도 계십니다.

불만이 넘치는 가정도 있고

화목하게 규칙을 지켜가는 가정도 있습니다.

가정은 가장 작은 단위의 나라일지도 모릅니다.

그 안에서

우리의 권력은 어떻게 사용되고 있습니까?

사랑으로 권력을 움직인다면

이보다 살기 좋은 나라는 없을 것 같습니다.

삶을 살아내는 당신은
위대한 존재입니다.

사람은 무엇으로 사는가

톨스토이의 고전

『사람은 무엇으로 사는가』에는

작은 마을에서 사는 가난한 부부가 등장합니다.

외투 하나 장만하기 어려운 가난한 삶이지만

마음 따뜻한 부부는

늘 어려운 이웃을 도왔습니다.

부부의 이야기는 아름답게 마무리되지만

소설의 제목은 여전히 우리에게

질문을 던집니다.

사람은 무엇으로 사는 것일까요?

톨스토이가 살던 시절보다

풍요로운 세상이 되었음에도

우리의 마음에는 여전히 채워지지 않는

무언가가 있습니다.

특히 우리나라는 십수 년 넘도록 자살률 1위를

기록하고 있기에 더 그 빈자리가 궁금합니다.

톨스토이는 사랑이라 말합니다.

동의하지만 힘겹고 가난한 일상을 보내는

이들에게 사랑은 사치일 뿐이라고

여겨질지 모릅니다.

우리는 이제 '무엇'보다 '산다'에

집중하면 어떨까요?

가지고 못 가지고를 벗어나 그저 삶을 살아내는

모두의 삶이 의미 있는 것이 아닐까 돌아봅니다.

부디 행복하시기를 바랍니다.

그렇지 않더라도 삶을 살아내는 당신은

위대한 존재입니다.

이제 천천히 한 번 더
생각하고 마음을
전하고자 합니다.

댓글

친한 친구가 음악 경연 프로에 출연했습니다.

반가운 마음에 친구의 노래를 찾아보았습니다.

중년의 도전도 친구의 긴장한 모습도

반가웠습니다.

영상 밑으로 수많은 댓글이 달렸습니다.

응원과 호응이 이어졌지만 사이사이

친구를 비판하는 글을 읽게 되었습니다.

알 수 없는 불안함이 밀려왔습니다.

친구로서 이러한데 본인은 얼마나 더 힘들까요.

그러나 시간을 두고 다시 찾아 읽어보니

그 말들 모두 나 역시 가졌던 생각이었습니다.

'별로네', '못하는데' 같은 말부터 외모 평가까지,

언제 어디에서나 노출된 타인을 볼 때마다

나 역시 그렇게 해 왔던 것 같습니다.

누군가에게 상처를 주었으리라

생각해보니 부끄러움이 밀려왔습니다.

마음에 떠오르는 생각을 말릴 수는 없겠지요.

그러나 그 생각을 전달하는 과정에는

이성이 개입할 수 있습니다.

이제 천천히 한 번 더 생각하고

마음을 전하고자 합니다.

좋은 말과 긍정의 언어로 전하면

더욱 좋을 것 같습니다.

하지 말아야 하는 일을
하지 않는 것,
모두가 할 수 있는
가장 평화로운 저항입니다.

정신적 고통

인간이 느끼는 고통에는

물리적 고통과 정신적 고통이 있습니다.

물리적 고통은 유발하는 상대,

혹은 물체를 특정할 수 있다면

정신적 고통은 그 상대가 모호할 때가 많습니다.

왕따, 비난, 악성 댓글같이

눈에 보이지 않는 폭력은

당하는 사람도 왜, 누가, 무엇 때문에 그러는지

정확히 짚어내기 어렵습니다.

심지어 비난을 남기는 사람조차도

자신의 행동이 얼마나 큰 폭력인지

인지하지 못합니다.

말과 글의 폭력은 홍수처럼 쏟아지지만

실체가 불분명하고 거짓이 섞여도

아무렇지 않습니다.

그래서 당하는 사람의 아픔을

알아채기 어렵습니다.

결국 스스로 세상을 등지고 난 뒤에야

그가 아팠음을 인지합니다.

하지만 끝내 가해자는 찾을 수 없습니다.

단언컨대

세상이 발전한다고 이런 문제는

해결되지 않습니다.

비난은 새로운 매체를 통해

더욱 교묘하게 전달될 뿐입니다.

가장 확실한 해결책은

아주 단순한 행동에 있습니다.

부정적이고 공격적인 말이

내 앞에서 멈추어 서게 만드는 일입니다.

하지 말아야 하는 일을 하지 않는 것,

모두가 할 수 있는 가장 평화로운 저항입니다.

다시 일어서는 것 자체가
성공입니다.

살다 보면

살다 보면 연이어 좋은 일이 일어나기도 하지만

반대로 불운한 일이 줄줄이 이어지기도 하지요.

생각보다 인생은 공평하지 않습니다.

최선을 다하면

좋은 결과가 이어진다고 말하지만

노력이 모두에게 공평한 결과를 이끌진 않습니다.

때론 아주 작은 행운이

결과를 바꾸는 일도 많습니다.

운동 경기에서도 작은 실수 하나가

승패를 바꾸기도 하고

열심히 사업을 해도 불경기를 만나면

피나는 노력마저 무의미하게 만들어 버립니다.

그러나 인생에서 실패가 주는 무게감은

제법 무겁습니다.

한 번 미끄러진 인생은 이전보다

더 많은 다짐과 수고를 하지 않으면

다시 일어서기 어렵습니다.

그럴 땐 생각을 바꾸어 보면 어떨까요?

다시 일어서는 것 자체가 성공이라고 말입니다.

지금 이 자리에서 다시 일어서기만 해도

우리는 이전에 보지 못했던 풍경을

만날 수 있습니다.

모두가 정상에 오를 필요는 없습니다.

일어서서 주변을 살필 여유만 찾는다면

우리는 어디에서나 아름다운 풍경을

만날 수 있습니다.

친절은
귀 기울여 듣는 것입니다.

친절

열차 승강장 벽에 기대어

스마트폰을 보고 있었습니다.

할머니 한 분이 다가오시더니

저에게 손을 내밀며 무어라 말씀하셨습니다.

어눌한 발음과 작은 목소리는

승강장 소음에 묻혀 들리지 않았습니다.

물건을 파는 건가 싶어 '죄송합니다.'

한마디로 거절을 표했습니다.

주변을 서성거리던 할머니는

조금 떨어진 청년에게 다가가 말을 걸었습니다.

청년은 이어폰을 벗고

할머니의 말씀에 귀를 기울였습니다.

그리고 할머니께서 내민 쪽지를 받아 들고는

자신의 전화로 전화를 걸었습니다.

통화를 마친 청년은 다음 열차가 올 때까지

할머니에게 감사의 인사를 받느라

정신이 없었습니다.

열차를 타고 귀가하는 내내

알 수 없는 부끄러움을 떨쳐 낼 수 없었습니다.

나는 왜 할머니의 목소리에

귀 기울이지 않았는지 자책했습니다.

친절은 귀 기울여 듣는 것입니다.

잘 들리지 않는 소리에도

듣기 위해 노력하는 모습입니다.

아주 잠깐 눈을 마주치고

상대방의 이야기를 듣기만 하면 됩니다.

그 작은 행동이 감동을 주고

세상을 빛나게 합니다.

들어주는 일이 점점 더 힘들어지는 세상입니다.

그 힘든 일이

많은 것을 변화시킬 수 있음을 믿습니다.

이제 나부터 조금씩

그 길을 향해 걸어가야겠습니다.

성공한 인생이란 무엇인가
돌아봅니다.

오스카 쉰들러

마지막까지 실패만 하던 사람이 있습니다.

아르헨티나에서 농업, 양계장 사업에 실패하고

독일에서는 시멘트 사업까지 실패했습니다.

그보다 앞서 2차 세계 대전 때는

공장을 운영했습니다.

유대인을 고용하기 위해

너무 많은 뇌물을 사용했고

패망 후 남은 건 아무것도 없었습니다.

연합군이 들어온 공장에는 천 명이 넘는

유대인들만 남아 있었습니다.

오스카 쉰들러는

실패만 거듭했던 기업인입니다.

그러나 그에게는 사람들이 남았습니다.

그로 인해 생명을 구한 한 유대인은

탈무드 격언이 담긴 반지를 선물했습니다.

'한 사람을 살린 사람은 온 세상을 살린 것이다.'

세속적이고 물욕이 강했다고 평가받았던

오스카 쉰들러. 하지만 물욕보다

사람을 살리고자 했던 마음이 더 컸기에

모든 걸 다 잃었음에도

그가 구한 사람은 남았습니다.

성공한 인생이란 무엇인가 돌아봅니다.

어쩌면 우리는 성공에 대한 인식을

조금 바꿀 필요가 있지 않을까요?

사랑하고 사랑받고 있는 인생은

누구나 성공한 인생이라 말입니다.

작은 변화가
생각보다 커다란 혁신을
이끌 수 있습니다.

변화를 이끄는 힘

1970년대 말

미국에 스포츠 중계 전문 방송국이 생겼습니다.

스포츠를 보기 위해 경기장을 찾아야 했던

미국인들은 이제 집에서 혹은 식당에서

원하는 팀의 경기를 관람할 수 있게 되었습니다.

TV 방송국 하나가 생긴 것뿐이었지만

생각보다 커다란 일상의 변화가 일어났습니다.

집에서 혹은 식당에서

스포츠를 관람하는 사람들이 늘어났고

시청하는 동안 집에서 음식을 먹기 위한

배달 문화가 발달했습니다.

스포츠 방송을 위한 기술들이 발전하게 되었으며

중계방송 사이의 광고는

매우 중요한 문화 매체가 되었습니다.

누군가가 발견한 불에 의해

인류 문화에 변혁이 온 것처럼

작은 변화가 생각보다 커다란

혁신을 이끌 수 있습니다.

우리 삶에도 그런 변화를 이끌 수 있습니다.

그동안 놓쳤던 사소한 습관 하나만 바꿔도

당장 오늘부터 다른 기분을 만날 수 있습니다.

긍정적 변화라면 주저하지 마십시오.

작은 변화라도 그로 인해 미래의 나는

사뭇 달라져 있을지 모릅니다.

언제나 새로운
도전을 만날 수 있는 것이
인생입니다.

마이 웨이 (My way)

프랭크 시나트라의 명곡 <마이 웨이(My way)>는

인생의 황혼을 위로하는

따듯한 감성이 담긴 노래입니다.

세월이 흘러도

노래의 감동은 여전히 남아 있습니다.

인생을 돌아보며 회한을 노래하는 가사는

지금까지도 많은 이들에게

감동을 주고 있습니다.

후회한 적도 있고, 힘들 때도 있었고,

실패를 맛보며, 눈물을 흘리기도 했지만

그럼에도 불구하고 지금까지 잘 살아왔다는

자긍심과 힘찬 응원을 담고 있습니다.

노래가 끝나도 우리의 인생은 계속됩니다.

끝이 보이는 길에서도 걸음을 멈추지 않는다면

발자국을 따라 새로운 길이 열립니다.

언제나 새로운 도전을 만날 수 있는 것이

인생입니다.

더 이상 아무것도 할 수 없을 것 같을 때

이 말을 기억하십시오.

'최고의 순간은 아직 오지 않았다.

(The best is yet to come.)'

프랭크 시나트라의 묘비에 새겨진 글입니다.

실수를 대하는
태도에 따라
결과는 달라집니다.

하인리히 법칙

1931년, 보험 회사의 관리직이었던

'허버트 하인리히'는

산업 재해에 관한 보고서를 발간했습니다.

수많은 사고 사례를 접했던 그는

흥미로운 통계를 발표했습니다.

한 건의 대형 사고가 발생할 때,

같은 원인으로 29건의 작은 사고가 일어났으며,

300건에 달하는 잠재적 사고가 이어졌다는

내용입니다.

하인리히는 우연히 발생한 것처럼 보이는
대형 사고도 이전의 작은 사고들이
반복되면서 일어났음을 주장했습니다.
'하인리히 법칙'이라 불리는 그의 통계는
지금도 크고 작은 사건이 일어날 때마다
언급되고 있습니다.
실수하지 않는 사람은 없습니다.
그러나 실수를 대하는 태도에 따라
결과는 달라집니다.
숨기고 외면한 실수가
대형 사고의 원인이 된다면
작은 실수도 허투루 보지 않는 습관은
성장의 밑거름이 됩니다.
'현명한 사람은 실수를 통해
미래를 사는 지혜를 배운다.'
그리스 철학자 플루타르코스의 말입니다.

인생은
승리와 패배를 나누는
경기가 아닙니다.

최선을 다했다면

UCLA는 미국 대학 농구선수권대회(NCAA)에서
88연승과 네 시즌 연속 우승을 기록했습니다.
당시 감독이었던 존 우든은 20세기 위대한
스포츠 지도자 중 한 명으로 평가받고 있습니다.
그에 대한 높은 평가는 성적 때문만이 아닙니다.
그는 선수들에게 결과보다 과정을 중요시했으며
실력보다 생활 태도, 예절, 기본기를
강조했습니다.
존 우든 감독은 10번의 우승을 경험한

명장이지만 경기장 안에서보다 경기장 밖에서

더 존경받았습니다.

그는 성공에 대해 이렇게 정의합니다.

'최선을 다했으면 그것이 바로 성공이다.

성공은 최선을 다할 때 얻을 수 있는 만족이자

마음의 평화이다.'

최선을 다한 것 같아도

결과가 따르지 않으면 아쉬운 마음이 듭니다.

하지만 인생은

승리와 패배를 나누는 경기가 아닙니다.

결과보다 과정을 통해 성장하는

길고 긴 여행입니다.

최선을 다했다면 그것으로 충분합니다.

오늘의 걸음만큼 우리는 경험을 얻었고

경험은 내일을 걷는 힘이 될 것입니다.

끝이 보이는 순간에도
걸음을 멈추지 않는다면
발자국은
새로운 길을 열어줍니다.

은퇴

프랑스의 언론인 베르나르 올리비에는

은퇴 후 우울증에 시달려야 했습니다.

아내가 세상을 떠나자 외로움과 무기력에 지쳐

삶을 이어갈 자신감마저 잃었습니다.

그의 마지막 선택은 실크로드를 따라

1만 2천 킬로미터를 걷는 일이었습니다.

그곳에서 그는 새로운 세상을 만났습니다.

걷고 또 걸으면서 다양한 삶의 이야기를 만났고

자신에게 주어진 새로운 길을 찾았습니다.

80세를 넘어서도 그는

비행 청소년의 자립을 돕는 단체를 이끌며

왕성한 활동을 이어갔습니다.

그리고 자신이 만난 은퇴 후의 삶을

이렇게 이야기합니다.

"은퇴란 멋진 것이다.

그것은 인생에서 완전한 자유를 찾게 되는

특별한 순간이다."

끝이 보이는 순간에도 걸음을 멈추지 않는다면

발자국은 새로운 길을 열어줍니다.

인생은 은퇴가 없습니다.

언제나 새로운 도전이 기다리고 있을 뿐입니다.

감동이 클수록
기억은 오래 남습니다.

최고의 카메라

디지털의 시대,

카메라의 변화는 혁명적이었습니다.

찍자마자 바로 확인할 수 있고,

인화할 때까지 기다릴 필요가 없어졌습니다.

그리고 지금은

그 커다란 카메라를 전화기 안에 넣어

언제 어디에서나 모든 장면을

저장할 수 있게 만들었습니다.

저마다 자신이 찍은 사진을

SNS를 통해 뽐내기도 하고,

타인이 찍은 멋진 사진에

부러움을 표현하기도 합니다.

카메라가 대중화되면서 사진작가 못지않은

뛰어난 실력을 지닌

아마추어들도 늘어났습니다.

그러나 아무리 좋은 카메라라 하더라도

'사람의 눈'보다 뛰어난 카메라는 없습니다.

그 어느 사진도 사람의 눈만큼 원근감,

심도, 채색을 가장 확실하게 표현하지 못합니다.

최고의 순간, 아름다운 장면이 펼쳐지면

카메라를 내려놓고 시선으로 담아보세요.

사진으로 남기는 것도 좋지만 때론

마음 깊이 감동을 담아 둘 필요가 있습니다.

감동이 클수록 기억은 오래 남습니다.

잊지 마세요.

최고의 감동은

당신의 눈으로 담은 기억 속에 있습니다.

진정한 스포츠 정신은
승패를 넘어
상대를 인정하는
마음입니다.

슈멜링 이야기

1938년, 뉴욕의 양키 스타디움에서는

헤비급 챔피언 조 루이스와 독일의 자랑

막스 슈멜링의 타이틀 매치가 열렸습니다.

히틀러는 슈멜링의 승리를 확신하고

그를 통해 독일 민족의

우수성을 과시하고자 했습니다.

그러나 히틀러의 기대와는 달리

시합은 124초 만에

루이스의 승리로 끝났고,

루이스는 미국의 영웅이 되었습니다.

미국의 언론은 이날의 승리를

사악한 나치에 대한

자유의 승리라고 보도했습니다.

그 후 루이스는

25연승의 기록을 이어 나갔습니다.

그렇다면 슈멜링은 이후 어떤 삶을 살았을까요?

나치의 희망이었던 그는

놀랍게도 유대인 학살을 반대하고,

그들을 구하려다 체포되어

혹독한 고문을 당했습니다.

전쟁이 끝난 후, 자신에게 야유를 보냈던

미국인들로부터 잔잔한 박수를 받았습니다.

진정한 스포츠 정신은

승패를 넘어 상대를 인정하는 마음입니다.

모두가 평등하고 평화롭게 살아가기를 희망한

슈멜링의 삶에

챔피언 벨트를 채워주고 싶습니다.

포기하지 않고
최선을 다했다면
그것으로 충분합니다.

붉은 포도밭

19세기 인상주의 화가 빈센트 반 고흐는

우울증과 가난으로 힘겨운 삶을 살았습니다.

살아생전 팔았던 그림은 단 한 점뿐이었습니다.

'붉은 포도밭'이라는 제목의 그림으로

해 질 무렵 붉게 물이든

포도밭의 풍경을 강렬하게 표현한 작품입니다.

'붉은 포도밭'은

전시회에 초대되었지만 평론가들에게

비판만 받았을 뿐

아무에게도 관심을 얻지 못했습니다.

절망에 빠진 그를 위로하고자

친구의 누이이자 여류 화가 안나 보흐가

찾아왔습니다.

그리고 이 작품을 400프랑에 구매했습니다.

아무도 사지 않는 고흐의 그림이

한 사람 월급 정도에 팔렸습니다.

고흐는 그렇게 처음이자 마지막으로

작품을 팔았습니다.

고흐가 세상을 떠난 지

100년이 조금 넘었습니다.

그리고 이제 그의 작품들은

아무리 많은 돈을 주어도

쉽게 구할 수 없는 최고가 미술품이 되었습니다.

우울하고 가난했던 한 청년의 작품이

인류의 문화유산으로 인정받고 있습니다.

최선을 다했기에 기대해보지만

늘 좋은 결과로 이어지지는 않습니다.

가치의 평가는 시간이 필요합니다.

포기하지 않고 최선을 다했다면

그것으로 충분합니다.

우리는 모두 저마다의 인생이라는 작품으로

남게 될 것입니다.

당신의 실패를
응원합니다.

앞으로 넘어지세요

아카데미 남우주연상을 2회 수상한

명배우 덴젤 워싱턴은

펜실베니아 대학 졸업식 축하 연설에서

이렇게 말했습니다.

"앞으로 넘어지세요(Fall forward)."

이제 세상으로 나아가는 젊은이들에게

실패를 두려워하지 말라는

응원의 메시지입니다.

앞으로 넘어지게 되면

215

넘어지는 위치를 알게 되고

그 자리에서 다시 도전할 수 있다는

설명을 이어갔습니다.

그 역시 실패를 경험했기에

이야기가 와닿습니다.

수많은 오디션에서 떨어진 뒤에야

배역 하나를 맡게 되었고

지금의 대배우로 성장하는

밑거름이 되었습니다.

넘어지기를 두려워하면

앞으로 나아갈 수 없습니다.

살다 보면

누구나 한 번쯤 실패를 경험하곤 합니다.

하지만 실패를 어떻게 받아들이는지에 따라

극복의 과정 역시 크게 달라질 수 있습니다.

빨리 일어날 수 있도록 앞으로 넘어지는 것도

실패의 좋은 방법일 수 있습니다.

당신의 실패를 응원합니다.

명배우의 고백처럼

언젠가 당신의 실패 이야기가

누군가를 일으켜 세우는

최고의 응원이 될지도 모르니까요.

꿈이
현실이 되기까지의 과정은
멋진 이야기가 됩니다.

월리스의 잡지

1918년, 드위트 월리스는 병원에 입원했습니다.

그는 병원 생활의 무료함을 달래기 위해

잡지란 잡지는 모두 읽었고

잡지의 기사들을 정리하는 일로

시간을 보냈습니다.

퇴원 후,

자신이 정리한 기사들을 들고

여러 잡지사에 찾아갔습니다.

자신이 편집장이 되어

장황하고 읽기 어려운 기사를 정리하고

수익률이 높은 잡지로 만들어보겠다고

제안했습니다.

그러나 잡지사들은

젊은 청년의 제안을 거절했습니다.

오히려

"그까짓 휴지 조각을 누가 보겠느냐"며

무시했습니다.

그의 약혼녀만이

그의 유일한 지원자가 되었습니다.

결혼하고 부부는 잡지 회사를 차렸습니다.

낮에는 직장에서 일하고,

저녁에는 도서관에서 원고를 작성했습니다.

누구나 읽기 쉽고, 유용하고,

알찬 내용으로 잡지를 채웠고

판매와 함께 큰 인기를 얻었습니다.

창간 당시 5천 부에 지나지 않던 판매 부수는

8년 만에 22만 부 판매를 기록했습니다.

그리고 지금은 전 세계에 17개 언어로 번역,

판매되고 있습니다.

세계 최대의 교양 잡지

『리더스 다이제스트』는 이렇게

월리스 부부의 땀과 꿈으로 만들어졌습니다.

거절을 받다 보면 좌절로 이어지기도 하지만

함께하는 이가 있어 힘을 얻기도 합니다.

꿈이 현실이 되기까지의 과정은

멋진 이야기가 됩니다.

결과에 조바심 내지 마세요.

지금은 그 이야기를 쓰고 정리하는 시간입니다.

인생의 큰 그림은 수많은 과정이

조각처럼 모여 완성됩니다.

생각이 다르다고
반드시 나에게
피해를 주는 것은 아닙니다.

빅뱅 이론

러시아 출신의 천체 물리학자 조지 가모프는

'빅뱅 이론'의 창시자입니다.

그는 우주가 수십억 년 전 한 점에서 폭발하여

팽창하기 시작했다고 주장했습니다.

대폭발설이라고도 불리는 그의 주장은

학계의 관심을 받았습니다.

수많은 과학자들이

그의 주장을 지지하거나 비판하면서

20세기 천체 물리학의

대표적인 이론으로 발전했습니다.

그런데 그의 주장에 '빅뱅 이론'이라는

이름을 붙인 사람은

조지 가모프가 아닌

그를 반대하던 학자였습니다.

우주가 있는 그대로 존재한다는

정상우주론을 주장하던

프레드 호일은 한 대담 프로에 나와

가모프의 주장을 비판하면서

이렇게 말했습니다.

"당신 말대로라면 우주가 한순간의

빅뱅(Big Bang)으로 만들어졌다는 말입니까?"

상대방의 이론을 비판하기 위해 사용한

단어였지만 아이러니하게도

조지 가모프의 이론은 이때부터

'빅뱅 이론'이라고 불렸습니다.

생각이 다르다고

반드시 나에게 피해를 주는 것은 아닙니다.

오히려 나를 더 강하게 하고, 바르게 하며,

더 멀리 보게 하는 힘이 될 수 있습니다.

몸에 좋은 약은 입에 쓰다는 말이 있지요.

다른 생각에 귀를 열고,

자신을 돌아보는 자세는

누구보다 나를 더 성장시키는 마음가짐입니다.

언제나 내 곁에 있기에
진짜 귀한 존재를
잊고 살지는 않습니까?

진짜 귀한 것

구하기 어려운 물건일수록 가격이 올라갑니다.

금이나 다이아몬드 같은 보석들이 그렇습니다.

한때 석유가 귀해서

산유국들이 엄청난 부를 축적했지만

시추 기술의 발달로 유가가 안정되면서

산유국들도 재생에너지나 다른 자원 획득에

눈을 돌리고 있습니다.

언제 또 석유가 귀해질지 모르지만

지금 전 세계는

새로운 에너지를 찾기 위해 혈안입니다.

반대로 세상에 널린 것들에는

돈을 들이지 않습니다.

돌멩이나 잡초를 얻으려면

작은 노동력만 있으면 됩니다.

눈에 보이지는 않지만, 산소가 그렇습니다.

어디에나 존재하며 우리를 숨 쉬게 하지만

다행히 산소를 얻기 위해

우리가 내야 하는 것은 없습니다.

산소를 얻기 위해 돈을 내야 하는 세상이 온다면

이보다 끔찍한 세상은 없을 것입니다.

언제나 내 곁에 있기에

진짜 귀한 존재를 잊고 살지는 않습니까?

나에게 주어진 시간은 유한합니다.

그 시간을 함께하는 사람은

진짜 귀한 사람입니다.

나를 숨 쉬게 하는 산소 같은 존재입니다.

어쩌면
더 이상 할 수 없을 것
같을 때가
기회일지도 모릅니다.

훈련

운동선수에게 훈련은 필수입니다.

체계적인 훈련을 통해 기량이 늘어납니다.

이 과정이 매우 중요합니다.

지루한 반복의 과정이지만 이 과정으로

기록이 단축되고 실력이 향상되기 때문입니다.

피나는 훈련으로 자신의 한계를 만납니다.

더 이상 움직일 수 없는 순간까지 몰아붙이면

숨이 턱 밑까지 차오르고 지쳐 쓰러집니다.

그러나 이 과정을 반복하다 보면

한계를 조금씩 늘려가면서

이전보다 빠르고 강한 힘을 얻을 수 있습니다.

우리의 모든 실력은 그렇게 만들어졌습니다.

아무도 기억하지 못하지만

어린 시절 한 걸음 내딛기 위한 걸음마에도

할 수 있는 모든 힘을 다 쏟았습니다.

어쩌면

더 이상 할 수 없을 것 같을 때가

기회일지도 모릅니다.

도전이 계속 실패한다고

인생을 낭비하는 건 아닙니다.

내 인생의 한계치를 조금씩 늘리는 훈련일 뿐

무엇이든 도전하는 시간은

삶의 근육을 단단하게 만들어줍니다.

굳이
반듯하게 서 있을
필요는 없습니다.

기울어지기

하루 중 반듯하게 서 있는 시간이

얼마나 될까요?

생각해보면 우리는 반듯하게 서 있을 때보다

조금씩 기울어져 있을 때가 더 많습니다.

누워 잠이 든 시간을 제외하고도

몸은 어느 한쪽으로

기울어져 있을 때가 많습니다.

걷기 위해 발을 뻗으면

몸은 살며시 앞으로 기울어집니다.

의자에 걸터앉거나 잠시 멈춰 설 때도

몸을 꼿꼿이 세우는 경우는 많지 않습니다.

몸에 힘을 빼는 순간 균형은 살짝 무너집니다.

하지만 살며시 기울어져 있을 때

우리는 더 안정감을 느낍니다.

살다 보면 우리는

늘 반듯하게 서 있던 적이 없습니다.

분주히 움직이던 시절에도

몸은 항상 어딘가로 기울어져 있었습니다.

반듯하게 서 있고 싶어도

인생은 그렇게 호락호락하지 않습니다.

때론 휘청이기도 하면서

우리는 모두 조금씩 기울어져 살아갑니다.

덕분에 기대어 설 수 있을 때 힘을 얻습니다.

누군가 만나고 사랑하면서 균형을 얻습니다.

굳이 반듯하게 서 있을 필요는 없습니다.

행복은 편안하게 기대어 마음을 놓을 때

더 쉽게 찾을 수 있는 것 같습니다.

당신의 이름은 특별합니다.

당신의 이름은

우리는 모두 이름이 있습니다.

그러나 이름을 제대로 불리는 경우는

많지 않습니다.

'김희영'이라는 이름이 있다면

친구들과 가족들은 '희영아'라고 부를 것입니다.

동생은 '언니', 혹은 '누나'라고 부를 것이고

결혼을 하게 되면 '여보'라는

새로운 이름을 부여받겠지요.

아이를 낳게 되면 '엄마'라는 이름으로

평생을 살아가게 됩니다.

이처럼 우리는

다양한 이름으로 불리는 존재입니다.

가까운 사람일수록

이름보다 호칭이 편안합니다.

내 이름을 제대로 부르는 사람은

오히려 거리가 있는 사람입니다.

그러다 보니 우리는

자신의 이름을 자주 듣지 못합니다.

굳이 듣지 않더라도 사는 데 문제는 없겠지만

누군가 불러주는 나의 이름은

힘이 되기도 합니다.

시합 중인 선수를 응원하기 위해

한목소리로 이름을 외치는 것처럼 말입니다.

아무도 내 이름을 부르지 않는다면

스스로 자신의 이름을 불러 보세요.

'김희영, 너 그런 사람 아니잖아.'

'힘내.', '넌 할 수 있어.', '잘했어.'

이름 뒤에 이런 말들을 이어 붙이면

특별한 위로를 받을 수 있습니다.

당신의 이름은 무엇입니까?

평범한 이름일지라도

내 이름으로 살아온 삶을 알고 있기에

당신의 이름은 특별합니다.

마음속으로 이름을 불러 보세요.

그리고 지금까지 잘 해왔다고

스스로 다독여 주세요.

살며 사랑하는 한 우리는

누구나 그럴 자격이 있습니다.

편리함이
때론 생명을
위협할 수도 있습니다.

무연 휘발유

우리가 사용하고 있는

무연 휘발유의 '연'은 납을 의미합니다.

무연 휘발유란 납 성분이 없는

휘발유를 말합니다.

지질학자 클레어 패터슨은

휘발유가 사용되기 시작하면서

대기 중 납 성분이 증가한 사실을 밝혀냈습니다.

납 성분이 들어 있는

유연 휘발유의 유해성을 밝혀냈지만

휘발유 사업으로 재미를 보던 기업들의

공격을 받게 되었습니다.

그의 주장이 받아지기까지 20년이 넘게 흘렀고

유해성을 인정받아 1986년 미국을 시작으로

유연 휘발유의 사용이 금지되기 시작했습니다.

인류를 위한 한 사람의 외로운 투쟁이

조금씩 주변 사람들의 마음을 움직였고

결국 그는 인류를 구한

위대한 지질학자로 이름을 남겼습니다.

편리함이 때론 생명을 위협할 수도 있습니다.

그래서 우리는 나와 이웃의 생명을

무엇보다 소중하게 생각하며

조심스럽게 나아가야 합니다.

앞으로 나아가는 것 이상으로 우리는

함께하는 사람들을 돌아볼 줄 알아야 합니다.

발전이 사람의 생명보다 우선일 순 없습니다.

우리에게 주어진 자연도 함께 말입니다.

상처가 예술이 되었으면
좋겠습니다.

킨츠기

일본의 전통 공예 기법 중

인상 깊은 방식이 하나 있습니다.

킨츠기라 불리는 공예 기법은

깨진 그릇을 이어 붙이는 방식으로

그릇이나 접시를 만들어냅니다.

처음에는 깨진 그릇을 살려내기 위한

복원 기술로 출발했지만

지금은 그릇의 불완전한 모습을

하나의 예술 작품으로 승화시키는

기법이 되었습니다.

깨진 부분이 특이하거나 그림처럼 느껴질수록

작품의 가치는 더욱 올라갑니다.

상처가 예술이 될 수 있음이 인상적입니다.

우리는 모두 저마다의 상처를 안고 살아갑니다.

때론 상처가 흉터로 남아

남에게 보여주기 부끄러울 때가 있습니다.

흉터로 인해 위축되면

부끄러운 마음이 이어집니다.

사람도 킨츠기처럼

상처가 예술이 되었으면 좋겠습니다.

상처의 모양이나 크기가 어떠하든지

아물고 난 뒤에는 더 가치 있고

아름다운 존재로 인정받을 수 있기를 바랍니다.

저마다의 상처와 아픔이

인생을 예술로 승화시키는

멋진 작품으로

다시 만들어질 수 있기를 기대합니다.

글을 통해
우리는 새로운 세상을
만날 수 있습니다.

두 문장의 소설

'아기 신발 팝니다.

한 번도 신은 적은 없습니다.'

세상에서 가장 짧은 소설이라 불립니다.

헤밍웨이의 문장으로 알려졌지만

실제로 그의 작품인지는 확실하지 않습니다.

짧은 글에 하나의 이야기를 넣기란

생각보다 어렵습니다.

빅토르 위고의 레미제라블은

그 이야기가 너무 방대해

원본을 보고 벽돌이라는 별명이 붙었습니다.

모두가 장 발장의 이야기를 알고 있지만

그 책을 다 읽은 사람은

많지 않을 거라 말합니다.

간추린 이야기에도 감동을 얻을 만큼

훌륭한 내용이기에 명작의 반열에 올랐습니다.

그러나 점점

글을 읽지 않는 세상이 되어 갑니다.

영상이 글을 대체하고 있는 세상에서

레미제라블 같은 대작은

더욱 읽기 힘들어질 것 같습니다.

이제 글의 분량이 어떠하든

읽고 쓰며 생각을 나누는 과정에

더욱 집중하면 어떨까요?

글에 담긴 마음을 나누다 보면

공감과 이해의 창이 넓어집니다.

단 두 문장의 소설이라도

감동이 있다면 명작이라 말할 수 있습니다.

글을 통해

우리는 새로운 세상을 만날 수 있습니다.

작은 생각일지라도 읽고 쓰는 문화가

줄어들지 않기를 희망합니다.

미래가 어떠하든
우리 모두 주어진 모습대로
특별하게 살아가기를
바랍니다.

신의 한 수

이세돌과 인공 지능 알파고의

대결이 시작될 때 만해도

인공 지능이 사람을 이기리라고는

생각하지 못했습니다.

그러나 내리 세 경기를 패한 뒤에는

사람이 인공 지능을 이길 수 없다는

현실을 자각해야 했습니다.

그리고 네 번째 경기,

이세돌이 놓은 78번째 돌이

인공 지능의 계산을 흔들기 시작했고

무리수가 계속되면서

이세돌이 첫 승을 거두었습니다.

경기를 시청했던 취재진과 시청자들은 환호했고

알파고를 만든 제작진도 놀랐습니다.

결정적인 승기를 가져오는 수를

신의 한 수라 부릅니다.

이세돌의 78수도 신의 한 수라 부릅니다.

사람이 인공 지능을 이긴 경기의 수를

신의 한 수라 부르는 사실이 재밌습니다.

앞으로 정교하게 발전한 인공 지능을

사람이 이기기란 점점 더 어려워질 거라 말합니다.

사람이 할 수 있는 독특한 창의력까지

인공 지능이 장악할 것이라는 예측도 있습니다.

미래가 어떠하든 우리 모두 주어진 모습대로

특별하게 살아가기를 바랍니다.

당신의 존재 자체가

신의 한 수일지도 모르니까요.

스쳐 지나가는 바람처럼
떠나보내는 것도
지혜입니다.

바람처럼

말은 종종 상처를 부릅니다.

말을 하기에 앞서

깊이 생각해야 하는 이유입니다.

상대방을 배려하는 말도 중요하지만

나 역시 누군가의 말을 듣는

청자가 되어야 합니다.

그래서 때론 상처가 되는 말을 듣게 됩니다.

모든 말에 대응할 수는 없습니다.

때론 무심하게 흘려보내야 할 때도 있습니다.

마음에 남아 더 큰 상처가 되기보다는

스쳐 지나가는 바람처럼

떠나보내는 것도 지혜입니다.

말은 파동입니다.

주변 공기를 진동시켜 퍼져나가

우리의 귀에 전달됩니다.

바람도 세게 불면 그 소리가 느껴지는 것처럼

말이란 것도

귀에 닿는 바람이라 생각하면 어떨까요?

스쳐 지나간 바람을 다시 맞을 일은 없습니다.

우리는 항상 새로운 바람을 맞이합니다.

지나간 시간에 미련을 두지 않듯

스쳐 지난 말을 마음에 두지 마세요.

생각을 버리는 것도 나를 위한 일입니다.

미움을 쌓지 않는 습관이

나의 마음을 건강하게 합니다.

세상에
쉬운 아픔은 없습니다.

갑상선암

한때 갑상선암을

쉬운 암이라 생각한 적이 있었습니다.

어디에선가 돈 버는 암이라는 말을 듣고

그런 줄 알았습니다.

그리고 몇 년 후 아내가 그 병에 걸렸습니다.

위험한 암은 아니라지만

크기가 커 제거해야 했습니다.

수술 뒤,

아내는 평생 호르몬 약을 먹게 되었습니다.

혹여나 약을 거르거나 피곤한 일이 쌓이면

이전보다 일찍 지친 모습을 보입니다.

시간이 흐르고 완치 소견을 받았지만

미안한 마음이 지워지지 않습니다.

왠지 남편의 질병에 대한 부족한 시선 때문에

아내가 고생한 것 같은 마음이 들었습니다.

힘내라는 마음으로

별것 아니라 말해 줄 수도 있겠지요.

그러나 타인의 아픔을 짧은 생각으로

쉽게 재단해버리면

더 큰 상처로 남을 수 있습니다.

세상에 쉬운 아픔은 없습니다.

아픔은 저마다의 이야기가 있습니다.

그 이야기에 마음을 쏟는 정성,

깊은 공감과 위로가 필요합니다.

최고의 사진도
무수한 시행착오 뒤에
얻을 수 있습니다.

사진

사진을 배울 때

인상 깊게 들은 말이 있습니다.

사진은 빛을 담는 과정이라는 표현입니다.

흔히 사진은

피사체를 화면으로 담아낸다고 생각하지만

피사체를 담기 위해서는

적절한 빛이 필요합니다.

그래서 사진을 찍다 보면

눈으로는 볼 수 있는 장면이

때론 어둡게 찍히거나 혹은 너무 밝아서

무엇을 찍은 건지 확인이 어려울 때가 있습니다.

빛을 너무 많이 담거나

혹은 빛을 너무 적게 담으면

피사체를 알아볼 수 없습니다.

우리 눈도 마찬가지입니다.

너무 밝은 곳에서는 눈이 부시고

어두운 곳에서는 아무것도 보이지 않습니다.

물체를 보기 위해선 적당한 빛이 필요합니다.

과하지도 부족하지도 않은 빛입니다.

적당한 빛이 있을 때

가장 아름답고 분명한 모습을 볼 수 있습니다.

적당의 기준이 저마다 다르기에

상대방을 오해하거나

갈등이 일어나기도 하지요.

보지도 않고 판단하거나

일부만 보고 판단할 때 일어나는 문제입니다.

최고의 사진도 무수한 시행착오 뒤에

얻을 수 있습니다.

모습도 그러한데 마음을 알기란

더 큰 노력과 수고가 필요하겠지요.

한 번에 알 수 있는 마음은 없습니다.

오래 두고 나누고 나눌 때

진심에 닿을 수 있습니다.

청년들이
꿈을 꿀 수 있어야
미래가 있습니다.

청년이 희망입니다

독립운동의 선구자 월남 이상재 선생은

청년들과 어울리기를 주저하지 않았습니다.

예순이 넘은 나이에도

청년들과 편안하게 어울렸습니다.

누군가 청년들이 버릇없이 대할까 봐

걱정하는 말을 하자

이상재 선생은 이렇게 대답했습니다.

"내가 청년이 되어야지 저들보고 노인이 되라

할 수는 없지 않은가."

스스로 자기 자신을 청년이라 표현하면서
청년 계몽운동에 앞장섰던 이상재 선생은
독립운동가들의 존경을 받았던
참다운 어른으로 평가받고 있습니다.
청년이 희망이 아닐 때가 있을까요?
지금도 청년들이 꿈을 꿀 수 있어야
미래가 있습니다.
스스럼없이 청년들과 어울렸던
이상재 선생처럼 세대의 간격을 허물고
위로와 응원이 넘쳐나기를 기대합니다.
꿈이 있는 모두가 청년이라 한다면
나이를 따질 필요가 없겠지요.
그러므로 우리는 모두 청년이며 희망입니다.

연습하듯 살아가지만,
현실을 연주해야 합니다.

연습과 연주

음악을 하는 이에게 연습은 필수입니다.

연습의 목표는 연주입니다.

멋진 연주를 위해 연습합니다.

연습이 없으면 멋진 연주도 없습니다.

훌륭한 음악인들은

저마다의 방식으로

끊임없이 연습을 반복했습니다.

우리가 보았던 멋진 연주 뒤에는

음악을 하는 이들의 숨은 땀과 노력이

담겨 있습니다.

연습과 연주는 상황이 다르고

여유가 다르고 대상이 다릅니다.

연주는 한순간이지만 연습은 끝이 없습니다.

하지만 어느 순간에 다다르면

연주와 연습은 차이점이 사라집니다.

그래서 연습을 연주하듯 하고

연주를 연습할 때처럼 할 때

최고의 퍼포먼스를 완성합니다.

우리 삶도 그렇습니다.

연습하듯 살아가지만,

현실을 연주해야 합니다.

끊임없는 연습과 연주의 반복입니다.

실패가 반복되더라도 포기하지 마십시오.

인생은 단 한 번의 연주만으로도

서로에게 감동을 나눌 수 있습니다.

우리는
저마다의 모습으로
꽃을 피웁니다.

대나무꽃

대나무는 여러해살이풀로

오랜 시간 땅속에서 뿌리를 내린다고

알려졌습니다.

깊이 뿌리를 내린 대나무는

한 번 자라기 시작하면

빠른 속도로 자라 커다란 나무가 됩니다.

자신만의 높이를 만들고 나면

나이를 먹을수록 단단한 껍질을 만들어냅니다.

제법 오랜 수명을 지녔음에도

대나무는 일생에 단 한 번만 꽃을 피웁니다.

꽃을 피우고 난 뒤에는 자신의 생을 마감합니다.

여러 해를 살아가지만,

생의 마지막에야 꽃을 피우는

대나무의 삶이 인상적입니다.

누구나 크고 단단하게

성장하는 순간이 있습니다.

때에 따라 용기와 자신감을 얻지만

다른 이의 성장에 비교하면

내 모습이 초라하게 느껴질 때도 있습니다.

조금 덜 자라도 조금 덜 단단해도 괜찮습니다.

우리는 저마다의 모습으로 꽃을 피웁니다.

생의 마지막 순간에 꽃을 피우는 대나무처럼

인생의 꽃도 마지막 순간까지

기대를 버릴 순 없습니다.

희망을 안고 살아갔으면 좋겠습니다.

부디 당신이 피워 낸 꽃을 만나고 싶습니다.

젊음이라는 정의가
기꺼이 도전하며
꿈을 찾아가는
과정이라면 어떨까요?

동유첩

『동유첩』은 조선 후기 문신 이풍익의 작품입니다.
스물한 살 나이에 명승지를 유람하면서 지은
시와 그림을 묶어 낸 화첩입니다.
아직 관직에 오르지 못한 젊은 나이였지만
여행하며 견문을 넓히고자 했던
그의 마음이 시와 그림에 잘 담겨 있습니다.

바다의 상인들은 순풍을 만나면
돛을 올리고 득의 만만해했다.

바닷길이야 순풍을 만나면 빨리 갈 수도 있고
역풍을 만나면 지체될 수도 있으니
순풍을 만나 신바람을 내는 것과 역풍을 만나
화를 내는 것 모두 올바른 태도는 아니다.

동해에서 만난 상선을 보고
그가 남긴 생각이 인상적입니다.
이제 막 성인이 된 이풍익의 사려 깊은
생각과 감상이 화첩 곳곳에 남아 있습니다.
스무 살이 주는 어감이 참 좋습니다.
그러나 시대가 발전할수록
젊음이라는 의미에 부담감이 쌓입니다.
젊음이라는 정의가 기꺼이 도전하며
꿈을 찾아가는 과정이라면 어떨까요?
조선시대 젊은 선비의 시선처럼
우리 시대의 젊음도 올바른 태도를 향해
두려움 없이 세상에 나아가기를 기대합니다.

미래는
우리가 꾸는 꿈으로
달라집니다.

꿈은 역사를 바꿉니다

공부를 좋아하는 한 청년이 있었습니다.

모든 수업에 열심히 참여하던 열혈 청년은

학업을 이어 나갈 수 없게 되었습니다.

아버지의 죽음으로

가족의 생계를 책임져야 했습니다.

꿈을 접고 가정교사로 아이들을 가르쳤습니다.

대학의 강사 자리가 생기면

종종 학생들을 가르칠 수 있었지만

일정하지 않은 수입이 그의 발목을 잡았습니다.

어려운 환경 속에서도

학업과 연구에 대한 열정은 놓지 않았습니다.

저술 활동과 논문 발표로

조금씩 업적을 쌓아 나갔고

46세에 정식 교수로 임명되었습니다.

그리고 10년 뒤

철학 세계를 뒤흔든 연구서를 발표했습니다.

'순수이성비판'이라는 제목의 저서는

이후 서양 철학의 패러다임을

바꾸어 놓았습니다.

철학자 임마누엘 칸트는 이처럼

인고의 시간을 넘어 새로운 시대를 열었습니다.

그는 40년 넘게 학업을 이어오는 동안

꿈을 버리지 않았습니다.

철학의 역사를 바꾸어 놓겠다는

대단한 포부를 가진 것도 아닙니다.

그저 묵묵히 공부에 대한 열정만으로

그 길을 열었습니다.

우리는 지금 칸트 이후의 시대를 살고 있습니다.

그리고 꿈을 향한 열정으로

오늘을 사는 당신이 있습니다.

미래는 우리가 꾸는 꿈으로 달라집니다.

아무리 작은 꿈이라도

포기할 수 없는 이유입니다.

다만
더 많이 사랑하는
사람들이 있기에
세상은 아름답게 흐릅니다.

미움

'누군가 밉다면

그가 자네 안에 있는 그 무언가를

지니고 있기 때문이라네.

우리의 내면에 없는 것은

우리를 화나게 하지 못하는 법이니까.'

헤르만 헤세의 소설 『데미안』의 한 구절입니다.

우리는 미움의 원인을 상대방에게서 찾습니다.

하지만 미움의 깊은 곳을 자세히 들여다보면

내 안에도 같은 이유를 찾을 수 있습니다.

불안, 욕망, 질투, 허영 같은

불편한 감정들이 누군가를 미워하게 만듭니다.

이처럼 우리의 내면에는 누구든지

미워하게 만드는 마음의 장치가 있습니다.

미움이 없는 세상은 없습니다.

미움이 없는 사람 또한 만나기 어렵습니다.

다만 더 많이 사랑하는 사람들이 있기에

세상은 아름답게 흐릅니다.

타인을 사랑하기가 어렵다면

먼저 자신을 사랑하면 어떨까요?

그리고 그 마음 그대로 타인을 바라보세요.

아름다운 사람은

누구도 미워하지 않는 사람이 아닙니다.

나를 사랑하는 마음으로 타인을 바라보는 사람.

그렇게 조금씩

너그러움을 넓혀가는 사람입니다.

모든 일은 결국
해봐야 압니다.

해봐야 압니다

어시장에서 회를 떠 주시는 사장님께

살며시 여쭈었습니다.

이렇게 능숙하게 회를 뜨기까지

얼마나 걸렸는지를요.

사장님은 30년 넘게

이 일을 하셨다고 말씀하셨습니다.

처음에는 실수하고

버리게 되는 생선이 더 많았다고 하십니다.

아깝지만 그렇게 실수하며 배우다 보니

어느새 능숙하게 손질할 수 있게

되셨다고 고백합니다.

의욕이 충만해도

처음부터 잘하는 경우는 매우 드뭅니다.

아마추어 정도로 만족한다면

가벼운 마음으로 도전해도 되지만

프로의 세계는 완전히 다른 노력이 필요합니다.

오로지 그것만 생각하고

반복하고 훈련해야 합니다.

최선을 다하고도 성공하지 못하는

사람들이 많습니다.

그래서 우리는 도전하기에 앞서

주저하게 됩니다.

하지만 모든 일은 결국 해봐야 압니다.

처음에는 버리게 되는 실패작만 쏟아지더라도

그 속에서 해내겠다는 각오와 반성이

이어지다 보면 조금씩 완성되어가는

실력을 만날 수 있습니다.

30년이 흐른 사장님의 실력은 대단하셨습니다.

그러나 대가의 생각은

평범한 손님과는 달랐습니다.

"멀었어요. 나는 아직도 배우고 있는걸요."

도전이 이어지는

사장님의 인생에 경의를 표합니다.

인생이라는 과정에
정해진 시한은 없습니다.

속도

사람은 저마다의 속도가 있습니다.

빠릿빠릿한 사람이 있으면

움직임이 둔한 사람도 있습니다.

단거리에 재능이 있는 사람이 있다면

장거리에 능숙한 사람도 있습니다.

속도가 느리다 하더라도

꼼꼼하게 살필 줄 아는 것도 재능입니다.

빈틈없이 자신의 자리를 채우는 사람은

속도와 상관없이

자신의 임무를 맡을 수 있습니다.

대기만성이라는 말이 있습니다.

큰 그릇을 만들려면

시간이 걸린다는 의미입니다.

노력만큼 결과를 이루지 못한 이들에게

응원의 말로 사용되곤 합니다.

그런데 인생을 살다 보면

정말 대기만성형 인재를 자주 만납니다.

뒤늦게 취업하고, 창업하고, 도전한 사람이

제법 큰 성과를 이루는 이들도 많습니다.

늦을수록 감동이 큽니다.

어르신이 되어 자신의 꿈을 이루는 인생은

더 큰 박수를 받습니다.

저마다 자신의 속도로

꾸준하게 나아갈 수 있다면

위치는 달라도 특별한 풍경을 만날 수 있습니다.

인생이라는 과정에 정해진 시한은 없습니다.

나는 나만의 속도를 가장 잘 아는 사람입니다.

달리다 지치면 걸어가십시오.

잠시 머물러도 좋습니다.

포기만 하지 않는다면

언제든 나의 새로운 모습을 만날 수 있습니다.

실수하지 않는 사람은
어디에도 없습니다.

소 잃고 외양간 고치기

'소 잃고 외양간 고친다'라는 속담이 있습니다.

실수하고 나서야 비로소 깨닫는다는 의미입니다.

실수하지 말라는 충고를

이 속담으로 전하곤 합니다.

하지만 다시 생각해보면 우리는

실수하고 나서 잘못을 깨닫는 경우도

그리 많지 않습니다.

실수를 인정하지 않거나 쉽게 잊어버립니다.

기억하고 개선하고 달라지는 경우는

생각보다 적습니다.

소 잃고 외양간 고치는 사람은

매우 발전적인 사람입니다.

외양간을 고쳤으니

이제 다시 소를 키우면 됩니다.

새롭게 고친 외양간이

소를 지켜주어 잃어버리지 않습니다.

그런 사람은 자신의 실수를 마주할 때마다

한 걸음씩 나아갑니다.

실수를 통해 성장하면서 자신감을 얻습니다.

그러니 실수를 두려워하지 않습니다.

소가 잘 자라면 돼지도,

혹은 닭도 키울 수 있습니다.

그렇게 자신의 영역을 넓혀갑니다.

속담을 거꾸로 돌려 봅시다.

외양간을 고치면 더 이상 소를 잃지 않는다고,

실수하지 않는 사람은 어디에도 없습니다.

고치느냐 고치지 않느냐가 인생을 바꿀 뿐입니다.

내면을 표현하는
꽃말 같은
다른 이름도 있습니다.

꽃말

꽃은 저마다의 이름이 있습니다.

나라마다 부르는 이름은 달라도

보이는 대로 부르는 건 비슷하지 않나 싶습니다.

해바라기를 영어로 Sunflower라고

부르는 것처럼 말이죠.

이름만으로는 그 아름다움을 담을 수 없어서

저마다의 숨겨둔 꽃말로

특별한 의미를 담습니다.

나팔꽃은 기쁨, 코스모스는 순정 혹은 조화

장미는 색깔에 따라 열정적인 사랑이었다가

수줍음 또는 실연을 의미하기도 합니다.

꽃말을 정하는 명확한 기준은 없습니다.

특별한 의미를 담아 보낸 꽃 한 송이가

누군가에게 같은 생각으로 전달되어

꽃말이 탄생했을 것입니다.

18세기 유럽에서

꽃말을 전하는 유행이 일어났는데

지금 우리가 알고 있는 꽃말은

거기서 조금씩 변형되어 전해지지 않았을까

추측해 봅니다.

사람도 저마다 꽃말 같은 느낌이 있습니다.

즐거운 사람이 있으면

우울한 사람이 있기도 하고

꺾이지 않는 용기가 생각나는 사람이 있다면

너그럽고 여유로운 느낌이 나는 사람이 있습니다.

이름이 내 모습을 지칭하는 언어라면

내면을 표현하는 꽃말 같은

다른 이름도 있습니다.

나를 아는 누군가가 지어주는

새로운 이름입니다.

조금 불편한 꽃말이 붙었다고

섭섭해할 필요는 없습니다.

인생의 꽃말은 시간과 수고에 따라

조금씩 바꿔나갈 수 있으니까요.

그래도 인생은 아름답다는
고백처럼 들립니다.

우울증의 철학

현대 철학에 새로운 지평을 열었던

비트겐슈타인은 오스트리아 대 부호의

아들로 태어났습니다.

풍족한 가정환경과는 달리

가족사는 불운했습니다.

세 명의 형제가 자살로 삶을 마감했고

본인도 우울증에 시달리다가

자신에게 남겨진 재산을 포기하고

은둔 생활을 자처했습니다.

273

두 차례 겪었던 세계 대전의 끔찍한 경험은

그의 삶을 더욱 무기력하게 만들었고

암으로 투병하다 62세에 세상을 떠났습니다.

하지만 그의 유언은

자신의 인생과 사뭇 달랐습니다.

"사람들에게 내 삶이 참 멋있었다고 전해주시오."

늘 불안한 삶을 살았던 그의 마지막 한마디는

그래도 인생은 아름답다는 고백처럼 들립니다.

사람마다 느끼는 우울의 크기가 다릅니다.

같은 일을 겪어도 무던한 사람이 있는가 하면

걱정하고 힘겨워하는 사람도 있습니다.

우울함을 꼭 나쁘게만 여길 필요는 없습니다.

예민함은 세상을 독특한 시선으로

볼 수 있게 만듭니다.

떨쳐내기 어렵다면

동행하며 거리를 두는 것도 좋습니다.

삶과 우울 사이를 작은 기쁨으로 채워가다 보면

언젠가는 행복한 일상에 다가가 있을지 모릅니다.

죽음을 앞둔 철학자의 고백이 마음에 박힙니다.

견뎌낸 삶은

더 아름답다고 속삭여 주는 것 같습니다.

예측하기 어렵지만
'혼자'보다 '함께'의 힘을
믿고 싶습니다.

경쟁에 대하여

세계 최고 스포츠 브랜드 N사의 경쟁업체는

다른 브랜드가 아닌

게임회사라는 주장이 있습니다.

뜬금없어 보이지만 나름의 이유가 있습니다.

스포츠 브랜드는 운동이나

야외 활동을 목적으로 하는데

게임 산업은 실내 활동을 유도하기 때문입니다.

새로운 소비자가 될 젊은이들이

스포츠보다 게임을 좋아하게 되면

스포츠 브랜드의 이윤 창출에

영향을 끼칠 수 있다는 것입니다.

시장의 규모가 작으면 경쟁의 영역도 작습니다.

하지만 글로벌 경쟁의 시스템은

단순하지 않습니다.

흐름을 읽고 준비하지 않으면

순식간에 밀려날 수 있습니다.

이러한 흐름은

우리 주변에서도 찾을 수 있습니다.

한때 인기 있었던 유명 상권이

과도한 경쟁과 비싼 임대료로

손님의 발길이 끊기고

건물이 텅 비어버리는 현상입니다.

한 번 끊긴 소비자의 발길은

다시 되돌리기 어렵습니다.

그래서 요즘은 시장이 형성되면

가게들이 서로 도와 소비자들의 발걸음을

이끌기 위해 노력합니다.

경쟁보다 상생으로 공동의 이윤을 추구합니다.

어쩌면 지금 우리는 무한 경쟁의 시대에서

무한 협력의 시대로 넘어가고 있는 건 아닐까요?

예측하기 어렵지만

'혼자'보다 '함께'의 힘을 믿고 싶습니다.

내 모습을 담은 이야기는
힘이 있습니다.

투명 인간

1897년 작 허버트 조지 웰스의 소설

『투명 인간』은 자신이 발명한 약으로

투명 인간이 된 한 과학자의 이야기입니다.

주인공은 자신의 발명이

세상을 바꾸리라 생각했습니다.

하지만 홀로 투명하게 살아가야 하는 삶은

지옥으로 변했습니다.

사람들과의 관계가 무너지면서

범죄를 저지르게 되었고

결국 분노한 사람들에 의해

죽음으로 최후를 맞이합니다.

작가는 누구나 한번은 상상해봤을

투명한 몸을 소설의 세계로 불러들여

서로 볼 수 없는 관계의 위험성을 풀어냈습니다.

오래된 소설이지만

기발한 상상력과 깊은 여운은

많은 사랑을 받았고

꾸준히 여러 이야기로 재생산되고 있습니다.

시대가 많이 변했습니다.

한 세기 만에 우리는 모두

투명 인간이 되는 약을 손에 쥐게 되었습니다.

보이지 않는 곳에서

누구든지 공격할 수 있는 세상입니다.

하지만 보이지 않는 사람의 폭력을

제어하기란 쉽지 않습니다.

그렇게 우리는 일상의 폭력에 노출된 채

살아갑니다.

보이지 않는 폭력은

물리적 거리를 뛰어넘습니다.

어디에 있든지

손가락 하나만으로도 아프게 할 수 있습니다.

언제 어디에서든 자기의 모습을 잃지 마세요.

내 모습을 담은 이야기는 힘이 있습니다.

당신의 모습처럼

아름다운 세상을 만들어갑니다.

에필로그

영국의 역사가이자 평론가 토머스 칼라일의 일화가 있습니다. 그는 4년 넘게 작업하던 프랑스 혁명사 원고를 실수로 불에 태워버렸습니다. 그 순간 역사가의 머릿속은 새까맣게 타들어 가지 않았을까요? 마음을 다잡은 그는 다행히 새로 프랑스 혁명사를 써 내려갔고 작품을 발표했습니다. 그의 대표작은 아닐지라도 이 일화는 그의 작품 이상으로 잘 알려졌습니다.

비슷한 경험을 한 적이 있었습니다. 석사 논문을 쓰기 위해 밤새 원서를 번역하고 있었습니다. 새벽이 되어 작업을 마무리할 때였습니다. 컴퓨터 전원이 갑자기 나갔고 밤새 작업한 번역본은 저장되지 않고 사라져 버렸습니다. 한참을 천장만 바라보다가 선잠을 자고 일어났습니다. 다시 번역하기 시작했는데 한 번 했던 작업이어서 그런지 생각보다 속도가 붙었습니다. 제법 이른 시간에 작업을 마무리했습니다. 하루의 시간이 더 걸렸지만 그래도 끝을 냈다는 안도감으로 위로를 얻었습니다.

살다 보면 두 번, 세 번 시도해야 하는 일이 생깁니다. 처음부터 다시 시작하지만 만족하지 못한 결과를 받을 때도 많습니다. 대개 우리는 이럴 때 좌절을 경험하곤 합니다. 좌절할 만한 일입니다. 포기가 빠를지언정 시도도 하지 않은 것보다는 분명 나은 선택일 겁니다. 좌절이 자책이 되지 않기를 바랍니다.

　반성과 자책은 다릅니다. 반성은 내 모습을 비추어 보는 일입니다. 잘 몰랐던 내 모습을 찾아낼 수 있고 더 잘할 수 있는 모습을 찾을 수 있습니다. 그러나 자책은 내 모습을 일그러뜨립니다. 할 수 있는 부분까지 가려버리고 왜곡된 시선으로 잘못된 판단을 유도합니다.

　스스로 자신을 돌아볼 수 있다면 다시 시도하고 싶은 마음이 생깁니다. 하고 싶다는 생각, 할 수 있다는 믿음, 해내겠다는 용기로 두 번 세 번 포기하지 않고 도전하는 마음이 삶을 더 풍요롭게 만듭니다. 아무리 많이 실패하더라도 타인의 시선을 의식할 필요는 없습니다. 도전이 이어지더라도 인생은 어차피 한 번뿐이니까요.

　페이지마다 생각도 다르고 분위기도 다릅니

다. 한 편의 글이 만들어지기까지 오랜 시간이 걸린 글도 있습니다. 쓰고, 쓰고 또 쓰다 보니 이렇게 한 권의 책으로 만들어질 수 있었습니다. 짧은 글의 모음이지만 참 오랜 시간으로 쓰인 책입니다. 반성과 도전의 마음으로 쓰인 글입니다. 그 마음이 전해졌으면 하는 바람입니다. 함께 읽는 분들에게 작은 위로의 선물이 되기를 희망합니다.

글의 힘을 믿습니다. 그래서 누구나 읽을 수 있는 글을 고민합니다. 쉽고 편안한 글, 그 속에서 우리는 삶의 위로를 얻습니다. 당신도 그러하시기를 바랍니다.

사랑의 온도 36.5

초판 1쇄 인쇄	2025년 1월 16일
초판 1쇄 발행	2025년 1월 22일

지은이	류완

펴낸이	이장우
책임편집	송세아
디자인	theambitious factory
편집 제작	안소라 김소은
관리	김한다 한주연
인쇄	KUMBI PNP

펴낸곳	도서출판 꿈공장플러스
출판등록	제 406-2017-000160호
주소	서울시 성북구 보국문로 16가길 43-20 꿈공장 1층

이메일	ceo@dreambooks.kr
홈페이지	www.dreambooks.kr
인스타그램	@dreambooks.ceo

전화번호	02-6012-2734
팩스	031-624-4527

* 저자 고유의 '글맛'을 위해 맞춤법 및 표현 등은 저자의 스타일을 따릅니다.

ISBN	979-11-92134-86-4
정가	16,800원